To Kill a Mockingbird

杀死一只知更鸟

图像小说
A Graphic Novel

[美] 哈珀·李
Written by Harper Lee
著

[英] 弗雷德·福德姆
Adapted and Illustrated by Fred Fordham
编绘

刘勇军
译

上海文化出版社
SHANGHAI CULTURE PUBLISHING HOUSE

果麦文化　出品

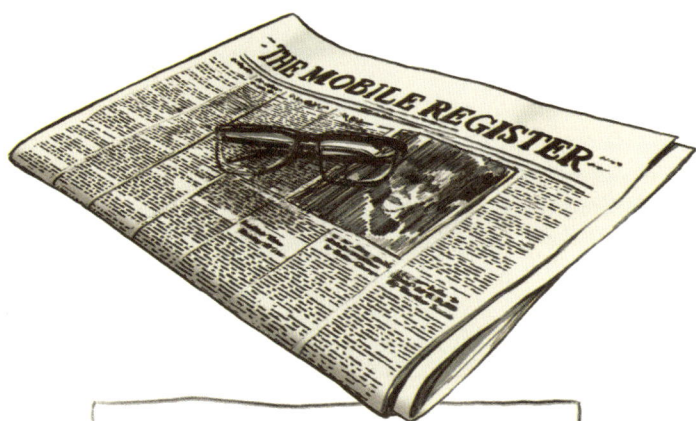

我想，律师们也曾是孩子。

——查尔斯·兰姆

我哥哥杰姆在快十三岁时摔断
了胳膊肘。

第 一 部 分

后来，手臂痊愈了，他也不再担心自己
打不了橄榄球，这次受伤的事就被他抛
到了脑后。

1933 年
亚拉巴马州，梅科姆镇

伤虽然好了，但他的左臂比右臂短了些；每当站立或者走路，他的左手背只能与身体成直角，拇指与大腿平行。

不过他倒是一点儿也不在乎，反正他还可以传球，大脚开球。

一晃很多年过去了，多少前尘往事化为了回忆，我们才会在有些时候聊起他受伤的原因。

我坚持认为尤厄尔一家人是始作俑者，但是，比我大四岁的杰姆说，苗头早就出现了。

他说，这事要从迪尔走进我们生活的那年夏天说起……

当时，迪尔提出把布·拉德利引出来。

我叫查尔斯·贝克·哈里斯。

我会识字。

嗨。

嗨。

那又怎样？

我就是觉得你们乐意知道我认识字。

你们想看什么吗，我可以帮忙。

你多大了？四岁半？

快七岁了。

怪不得。

斯考特一出生就能识字，她还没上学呢。

瞧你瘦不拉几的，哪里像七岁。

我是又瘦又小，但我真的快七岁了。

……

查尔斯·贝克·哈里斯，你为什么不过来呢？

老天，这名字可真傻。

你的名字更可笑。

蕾切尔姨妈说你叫杰里米·阿蒂克斯·芬奇。

我个子高，叫这个名字正合适。

再看你，你的名字比你人都长。

我敢说，能长出二三十公分哩。

大家都叫我迪尔。

你还是从上面翻过来吧，从下面钻多费事儿。

你从哪里来的？

密西西比州的默里迪恩。

我来蕾切尔姨妈家里过暑假。从现在起，每年夏天，我都会来她家。

在梅科姆能看电影吗？我在默里迪恩看过二十次电影呢。

这里不放电影，倒是政府大楼那儿有时会放一些关于耶稣的片子。

你看过什么好电影吗？

我看过《吸血鬼德古拉》。

听他这么说，杰姆开始对他有了几分尊重。

给我们讲讲吧。

迪尔可真是个奇妙的家伙。

就在他给我们讲吸血鬼的古老传说时，他那双蓝色的眼睛越来越亮，越来越深邃。

他会突然开心地大笑起来，而且，他还会习惯性地去拉额头中间那绺翘起的头发。

他最后讲到德古拉化为尘埃的时候，杰姆说这电影听起来比书里写的有意思多了，我则问迪尔他父亲在哪儿……

你都没提过你爸爸。

我没有爸爸。

他死了吗？

倒不是……

迪尔的脸唰地一下红了，杰姆让我闭嘴。显然，经过一番审查，杰姆已经接受了迪尔。

要是他没死，那你就有爸爸呀，对吧？

之后，我们像往年的夏天一样，过得挺快活。

-5-

例行的活动包括：
整修后院的树屋……

……大呼小叫……

我们还把根据奥利弗·奥普蒂克、维克多·阿普尔顿和埃德加·赖斯·伯勒斯的小说改编的剧本从头到尾演了一遍。

幸亏有迪尔加入，之前他们非让我演的角色都由他包办了，像《人猿泰山》里的猿猴、《罗弗家的小子们》里的克拉布特里先生，以及《汤姆·斯威夫特》里的达蒙先生。

我们因此发现，迪尔简直就是袖珍版的梅林*，满脑子都是异乎寻常的想法、神秘诡谲的渴望和稀奇古怪的幻想。

可到了八月底，我们的节目因为演了无数次而变得索然无味。

……这时，迪尔给我们出了个主意：把布·拉德利引出来。

* 梅林是英格兰和威尔士神话中的传奇魔法师。

-6-

拉德利家的房子令迪尔着迷。

无论我们怎么警告、解释，那幢房子就像月亮吸引海水一样深深地吸引着迪尔。

不过，他也只是被吸引到拐角的路灯柱那儿，离拉德利家的大门还有一段安全的距离。

屋子里住着一个恶毒的幽灵。

据说真有其事，不过我和杰姆从未见过他。

人们都说，到了晚上，等月亮落下，幽灵就会出来，偷偷往别人的窗户里瞄。

要是谁家的杜鹃花被寒流冻坏了，那准是他在上面哈了口气。

镇上曾发生过一系列变态的夜间案件，弄得大家胆战心惊：人们养的鸡和宠物不是缺胳膊就是少腿。尽管真凶"疯子阿迪"已溺死在巴克湾，但人们仍然盯着拉德利家，不肯打消他们最初的怀疑。

即便是黑人也绝不会在晚上路过拉德利家，而是横穿到对面的人行道上，一边走一边吹口哨。

梅科姆学校的操场连着拉德利家的后院，院里的鸡圈旁长着几棵高大的山核桃树，树上的山核桃时常落到学校操场这一边，不过孩子们碰都不会碰：拉德利家的山核桃吃了会要人命。

要是棒球掉到了拉德利家的院子，那就等于丢了，谁都不会想着拿回来。

早在我和杰姆出生前，那所房子就被厄运缠上了。尽管拉德利一家在镇里的任何地方都会被人接纳，可他们却不愿和人相处，梅科姆的人觉得这样的怪癖不可饶恕。

坊间传言，拉德利家的小儿子十几岁时，就与从老塞勒姆来的坎宁安家的几个人打成一片，在梅科姆镇的人眼里，这群人还真有点儿像个小帮派。

亚瑟·"布"·拉德利

一天晚上，这群家伙情绪高涨，借了一辆廉价小汽车绕着广场兜圈子。梅科姆的老治安官康纳先生想要逮住他们，他们不仅拒捕，还将他锁在了法院外头的厕所里。

@#$!@#%
#$~~#$%

后来，这群小子被带到了法官面前，被控行为不检、扰乱治安、人身伤害罪，以及在女性面前使用污言秽语。法官问康纳先生为何会有最后一项指控，他回答说：

他们的叫骂声太大，我敢说梅科姆的每一个女士都听见了。

法官决定将这几个小子送到州立工业学校去。有时，人们把孩子送过去纯粹是因为那儿不仅有吃的，还有体面的住处。那里可不是监狱，没什么丢脸的。

拉德利先生却不这么认为。

拉德利先生跟法官说，要是把亚瑟放了，他会负责看管，保证亚瑟不再闯祸。法官知道拉德利先生言出必行，便照办了。

另外几个小子被送去工业学校，在那里接受了本州最好的中学教育。

十五年来，拉德利家一直大门紧闭，他家的孩子也再未露面。

大家都以为拉德利先生入土后，布就会出来。

可是布的哥哥内森延续了他爸爸的做法。

也不知道他在屋里干什么。

他好像把头从门里探出来了。

-10-

等到晚上伸手不见五指的时候，他就会出来。斯蒂芬妮小姐说，有一次她半夜醒来，发现他正从窗户直勾勾地盯着她。

说他的脑袋活像个骷髅头，就那样望着她。

好几个早上，我还在后院发现了他的脚印呢。

想知道他长什么样。

从脚印来看，他大概有差不多两米高。

他生吃松鼠，逮到猫也不会放过，所以他的手上总是血迹斑斑——如果你生吃动物，沾上的血洗都洗不掉。

他的脸上有一道长长的疤，牙又烂又黄，没剩几颗了，还经常流口水。

我们想法子把他引出来吧。

你如果嫌小命太长，尽管去敲他家的前门好了。

谅你也不敢，我敢打赌，你都不敢走到他家门口。

自打从娘胎出来，杰姆没畏惧过任何挑战。

赌局就这么定了，迪尔用一本《灰色幽灵》赌杰姆的两本《汤姆·斯威夫特》。

杰姆纠结了整整三天。

我觉得他把面子看得比命还重要，果然，迪尔不费吹灰之力就把他搞定了。

第一天

你怕了。

才不怕呢，我只是不想冒犯别人。

第二天

你胆子也太小了，连前院都不敢去。

才不是呢。每天上学我都会从拉德利家经过。

哪天不是跑过去的。

第三天

默里迪恩的人绝不会像梅科姆的人一样胆小。

从没见过胆子这么小的人。

迪尔，你得想清楚了，你会害得我们一个个送命。

他要是把你的眼珠子抠出来，可别怪我，记住，这事可是你挑起的。

你还是害怕。

我什么也不怕！

只是……

我只是还没想到好法子，既要把他引出来，还不能把我们给搭进去，

再说……

我们在街对面望着房子时，感觉里面的百叶窗动了一下。

喇。

动作十分轻微，几乎察觉不到。

房子又归于死寂。

作为南方人，在黑斯廷斯战役中，交战的双方都与我们家族的祖先无关，这让家族里的一些人挂不住面子。

我们引以为傲的只有西蒙·芬奇，他来自康沃尔，是一个兼做皮货生意的药剂师，有着虔诚的名声，但更出名的是他的吝啬。

他经大西洋来到费城，又从那里去了牙买加，然后去了莫比尔，最后到了圣斯蒂芬斯。

西蒙将他导师那禁止占有"人身动产"的戒律抛在脑后，买了三个奴隶，在他们的帮助下，他在亚拉巴马河岸建立了自己的庄园。

靠土地为生的家族传统直到二十世纪才被我父亲这一代人打破，父亲阿蒂克斯·芬奇去了蒙哥马利攻读法学，他弟弟则到波士顿学医，只有他们的妹妹亚历珊德拉留下来打理"芬奇庄园"。

我们一家人住在梅科姆的主街上：阿蒂克斯、杰姆、我，还有厨娘卡普尼娅。

卡普尼娅自杰姆出生起就跟我们住在一起了，我从记事起，就一直觉得她是个专横的人。

我两岁时母亲就去世了，所以我从未因母亲的离世而伤心，但我觉得杰姆会。

他清楚地记得母亲，有时游戏进行到一半，他会长叹一口气，然后走到车库后面一个人待着。

九月初，迪尔离开我们，回到
默里迪恩。

他走后，我闷闷不乐，但我转念一想，
还有不到一个礼拜我也要上学了。

冬天，我经常在树屋里一待就是几个小时，望着学校的操场，
用杰姆给我的双倍望远镜偷偷观看那里的一大群孩子……

……偷学他们的游戏，暗自分享他们的倒霉事和小小的胜利。

我好想成为他们的一员。

第一天上学，杰姆屈尊带我去了学校。

他不厌其烦地叮嘱我，在学校千万不能打扰他，不要提及他的私生活害他丢面子，也不要在课间和午休的时候像小尾巴一样跟着他。反正，我不去找他就对了。

你是说我们不能一起玩了吗？

在家里一切照旧，但在学校完全不是这么回事，你会明白的。

还真是这样。

黑板上写的是我名字：
卡罗琳·费希尔，

我来自北亚拉巴马
的温斯顿县。

谁认识这些字母？

珍·路易丝。

A、B、C、D、E、

F、G、H

行了，
珍·路易丝。

麻烦告诉
你父亲，别再
教你识字了。

他这样做反而会
影响你阅读。

教我
识字？

卡罗琳小姐，
他从未教过我
任何东西。

如果不是他，
那是谁教
的呢？

老师？

阅读最好从
一张白纸开始，
你告诉他，现在由
我来教你，我会
尽量把你的坏毛病
纠正过来。

我从未刻意去学阅读，只是对每天的报纸格外着迷。

我不记得从什么时候开始，阿蒂克斯手指上方划过的一排排字母组成了一个个单词，在我印象中，我每晚都会一边盯着它们，一边听当天的新闻、即将颁布的方案，还有洛伦佐·道牧师的日记。每晚我坐在阿蒂克斯的膝头时，他正好读到这些内容。

现在我担心失去这阅读时光，虽然以前我谈不上喜欢阅读，就像人并不是因为喜欢才呼吸的。

珍·路易丝！

卡罗琳小姐，怎么啦？

那是什么？

是……是一封信，卡罗琳小姐，是写给我朋友迪尔的。

你必须告诉你父亲，不要再教你了，珍·路易丝！

一年级不学手写体，只学印刷体。

你到三年级才学写字。

这事全怪卡普尼娅，我猜她不想要我在下雨天去烦她，才给我布置了写字任务。

-21-

好啦，回家吃午饭的举手。

带午饭来的同学把饭盒放在课桌上。

CLATTER 咣当

CLATTER 咣当

你的呢？

……

你今天早上忘记带午饭了吗？

你今天早上忘记带午饭了吗？

嗯。

他并不是忘了带午饭，是压根儿就没有。今天没有，明天、后天也不会有。

这是二十五美分。

先去镇上吃个饭，明天还我就行。

不用了，谢谢老师。

过来，沃尔特，钱拿着。

呃——卡罗琳小姐。

什么事，
珍·路易丝？

卡罗琳小姐，
他是坎宁安家的人。

你说什么？
珍·路易丝？

沃尔特是坎宁安家
的人，卡罗琳小姐。

什么意思？

没什么，老师，你过一阵儿
就了解这些乡下人了。

坎宁安家的人从不
白拿别人的东西……

不管是教堂的慈善篮
还是救济券，

自己有什么
就用什么。

他们的东西不多，
但能凑合着过下去。

你这是在
羞辱他，
卡罗琳小姐。

珍·路易丝，今天上午
我真是受够你了。

亲爱的，
你从一开始
就不对劲。

把手伸出来。

我以为她要往我手心里吐唾沫。在梅科姆，把手伸出来只有这个理由，这是一种口头上敲定协议的古老方式。

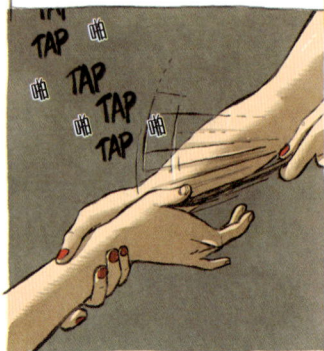

可卡罗琳小姐拿出尺子，在我的手心轻快地敲了六下，然后命令我站到墙角去。

-24-

卡罗琳小姐，你们班太吵了，六年级的学生都没法集中注意力学金字塔的知识了。

我要是再听到这间教室发出一丁点声音，就把你们通通烧死在里面。

要是卡罗琳小姐刚才对我好一点儿，我也许还会同情她。

她是个挺漂亮的姑娘呢。

啊！

住手，斯考特！

我在操场上抓住了沃尔特·坎宁安，总算让我开心了点儿。可我正要将他的鼻子按在泥地里乱蹭一通的时候，杰姆走了过来。

赶紧放开他，你的个头比他大。

可他的年龄跟你差不多大。

就是他害得我出师不利。

放开他，斯考特，干什么呢？

他压根儿就没有午饭！

我本想向卡罗琳小姐解释，他不会拿她的钱，她那样做是在羞辱他，她却说我不对劲。

你爸爸是从老塞勒姆来的沃尔特·坎宁安吗？

嗯。

跟我们一起回家吃饭吧，
沃尔特，你要是能来，
我们会很高兴的。

我们爸爸是你爸爸
的律师。

这个斯考特，刚才是疯了
——她不会再打你了。

这可说不准。

是的，沃尔特，
我不会再跳到你身上了。
你喜欢吃白凤豆吗？

我们家
卡尔＊做菜
可好吃啦。

＊卡尔是卡普尼虹的昵称。

你自己
决定。

嘿，
我来了！

沃尔特，那里住着个鬼，
你听说过吗？

好像听说过。

我第一年去上学的时候，吃了他们家的山核桃，差点连命都没了，大伙都说他在山核桃上下了毒，然后扔到学校这边来。

有一回我还走到那座房子面前了。

要是真有人走到过房子面前，就不会每次经过时撒开脚丫子跑开。

谁跑了，娇小姐？

就你，只要没人跟你一起，你就会跑。

我们三个走到我家门前台阶时，沃尔特已经忘了他是坎宁安家的人了。杰姆跑到厨房，告诉卡普尼娅家里来客人了，得多拿一个盘子。

阿蒂克斯问候了沃尔特，两人随即聊起了庄稼的收成，我和杰姆根本插不上嘴。

我对坎宁安家族有着不一般的了解，主要是因为去年冬天发生的几件事。沃尔特的父亲是阿蒂克斯的客户。一天晚上在我们家客厅，坎宁安先生跟阿蒂克斯进行了一次冗长的谈话，谈的是他的限定继承权问题。坎宁安走之前，他说：

我问杰姆什么叫"限定继承"，他描述为一个人被夹住了尾巴 *，我又问阿蒂克斯，坎宁安先生到底会不会付我们钱。

* "限定继承"的英文 entailment 的词根是 tail（尾巴），杰姆是望文生义。

-29-

一天早上，我和杰姆在后院发现了一捆柴。

在圣诞节时，我们发现一篓牛尾菜和不少冬青树树枝。

第二年春天，我们又发现了满满一袋青萝卜，阿蒂克斯说坎宁安先生给的东西的价值已经超过了那笔钱。

他为什么这样支付报酬呀？

因为他没钱，只能以这种方式付给我。

阿蒂克斯，我们也是穷人吗？

我们家确实穷。

那我们跟坎宁安家一样穷吗？

倒也不一样，坎宁安是乡下人，是农民，经济危机*对他们的打击最大。

……现在家里多了一口人，就得多种地。

你是不是付了一蒲式耳*土豆给他。

要是有机会，我一定会把这些解释给卡罗琳小姐听。

* 指美国 1930 年前后的大萧条。

* 一蒲式耳约等于 27 千克。

没有，珍·路易丝，一蒲式耳土豆又不值钱……

嘿！

这小子把饭菜都泡在糖浆里了！

他全浇上去了……

珍·路易丝！

麻烦你到厨房来，我有话跟你说。

什么事，卡尔？

有些人的吃饭习惯跟我们不一样，可你也不应该在饭桌上当面让人家难堪。

那个男孩是你们家的客人，他就是想把桌布吃下去，你也只有由着他，听见了吗？

他才不是客人呢，卡尔，他是坎宁安家的人……

闭嘴！

不管他是谁，只要一进这个门，就是你的客人，别再让我看见你对别人指手画脚，好像你有多了不起似的！

你们家的人也许比坎宁安家的人高贵，但你也绝不能侮辱人家……

……要是你在餐桌上连个饭都吃不好，就干脆待在厨房吃！

你等着瞧好了，卡尔！总有一天，你一不留神我就溜出去，跳进巴克湾把自己活活淹死！

杰姆和沃尔特先回学校，我留下来向阿蒂克斯告状，说卡普尼娅偏心，这意味着这次我得一个人跑过拉德利家，但也值了。

比起我，她更喜欢杰姆。

你有没有想过，杰姆少让她操一半心呢？

没有卡尔，我们家一天都过不下去，你想过这个问题吗？

想想卡尔为你做了多少事，你得为她着想，听见没？

它是活的！

我回到学校，憋着一肚子火，这时突然响起一声尖叫，我也顾不得记恨卡普尼娅了。

卡罗琳小姐，它往哪边走了？告诉我们它跑哪儿去了？快！

？

你说的是他吗，老师？

没错，他是活的。

他是怎么吓到你的？

-33-

我刚好经过他身边，那玩意儿突然从他的头发里爬了出来……

从他的头发里爬出来一只……

噢！老师，虱子有什么好怕的。

你连虱子都没见过吗？

别怕，你只管回到讲台上，继续给我们上课就行了。

小查克·利特尔也是一个吃了上顿没下顿的学生，但他天生就是个有教养的人。

老师，别担心。犯不着怕一只虱子。

我去帮你倒一杯凉水来。

你叫什么名字，孩子？

SCRITCH SCRITCH

挠啊挠

谁？你说我吗？

伯里斯·尤厄尔。

名册上是有一个姓尤厄尔的，不过没有名字……

你能拼写一下你的名字吗？

我也不知道怎么写，反正他们在家里都叫我伯里斯。

好吧，伯里斯，今天下午你就别上课了。

我希望你回家把头发洗洗。

为什么，小姐？

洗掉……呃……虱子。

是这样的，伯里斯，别的学生可能会染上虱子，你也不想这样，对吧？

我没见过比他更脏的人。

伯里斯，麻烦你明天洗了澡再来上学。

哈！

你甭想赶我回家，小姐。我正要走呢——我今年的学已经上完了。

什么意思？

老师，他是尤厄尔家的人。

我不知道这个解释是不是和我上次的努力一样缺乏说服力。

学校有不少尤厄尔家的人。他们第一天来报个到就走了。

是记考勤的老师找他们来的，因为她威胁说要去找治安官，不过，她也不会挽留他们。

那他们的父母呢？

他们没有妈妈，他们的爸爸可是个麻烦人物。

我每年开学的头一天来念一年级，现在已经是第三年了。

要是我今年机灵点儿，他们也许会让我升上二年级呢。

请坐回去，伯里斯。

你试试看，小姐。

让他走吧，老师，

他可不是善茬，他什么都干得出来，这里还有好多小孩呢。

小心点儿，伯里斯。

我这会儿工夫就能要了你的命，回家吧。

伯里斯，回去吧，你要是不走，我就叫校长来。反正我得把这事报告给校长。

报告就报告，去死吧，能管我的贱货老师还没出生呢！

小姐，你给我记住了，你别想命令我去任何地方。

等看到老师确实哭了后，
伯里斯才慢吞吞地走出教室。

他就是个
坏胚子……

……什么事
都干得出来……

你来这儿又
不是为了教他
那种人的
……

……卡罗琳小姐，
梅科姆的人不像他这样，
真的……

……别气了，
老师……

卡罗琳小姐，你给我
们讲个故事呗。

上午那个猫的故事
就相当不赖。

亲爱的孩子们，
谢谢。

卡罗琳小姐让我们散开后，
打开一本书，读了一个很
长的故事，是一只住在过
道里的癞蛤蟆的故事，让
我们这群一年级的学生听
得云里雾里。

斯考特，准备一起看报吗？

……

怎么啦，斯考特？

阿蒂克斯，我不大舒服。

你要是同意的话，我不打算上学了。

你从没上过学，照样好好的，所以我也要待在家里。

你可以像爷爷教你和杰克叔叔一样教我。

这可不行，我还得挣钱养家呢。再说了，如果我把你留在家里，他们会让我蹲大牢的，你晚上吃点胃药，明天去上学。

我已经好了，真的。

我猜也是，现在告诉我，到底发生了什么事？

于是我把学校里发生的倒霉事一五一十地跟他说了。

……

她说你都教错了，所以我们再也不能在一起看报了。

求你别让我回学校了。

求您了。

斯考特，如果你能学会一个简单的技巧，跟各种各样的人打交道就会顺利得多。要真正了解一个人，你就必须站在对方的角度去想问题……

你必须钻进他的身体里面，用他的身体走路。

我们总不能指望卡罗琳小姐一天就把梅科姆所有的风土人情都学会，她对这些还不怎么了解，也不能怪她。

我不会让步的——我哪里知道不该读给她听，结果她却怪我。

阿蒂克斯，听着，我用不着去上学！你还记得伯里斯·尤厄尔吗？

他只在开学头一天去学校，记考勤的老师觉得只要把他的名字登记一下，就不算违规了。

你可不能这样，斯考特。

只有在某些特殊情况下，我们才可以在规章制度上打打擦边球。

我就不明白了，为什么我非得去上学，他却不用。

那你好好听着……

尤厄尔家族三代在梅科姆净干伤风败俗的事。在我的记忆中，这家人就没干过一件正经事。

他们想什么时候去学校都行。

虽然有不少强制性的办法让像尤厄尔这样的人上学，但强迫让这类人适应新环境是愚蠢的做法。

要是我明天不去上学，你就会强迫我去。

这么说吧。

你，斯考特·芬奇小姐，是个普通人。你必须遵守规章制度。

尤厄尔一家是个特殊的群体，这个圈子里全是这样的人。

可是我继续上学的话，就不能和你一起看报了。

这才是真正困扰你的事，对吗？

是的。

那好，你知道什么叫妥协吗？

打规章制度的擦边球？

不是，妥协就是互相让一步。如果你承认上学是必要的，我们还像之前一样每天看报。

成交？

那天晚上，阿蒂克斯一本正经地给我们读了报上的一则新闻：一个男人无缘无故地坐在旗杆上。可把我们逗乐了。

1934 年

一年过去了，我每天比杰姆早放学三十分钟，每次都会拼命跑过拉德利家门前，直到跑到我们家前廊的安全地带才会停下来。

一天下午，我从拉德利家门前飞奔而过的时候，有个东西引起了我的注意……

杰姆回家后，问我口香糖是从哪儿来的。

捡的。

斯考特，捡的东西可不能吃！

不是在地上捡到的，是在树上发现的。

就是那边那棵树上，我们放学经过的那棵树。

快吐出来！

噗 :PTOU:

我已经嚼了一下午了，还不是活得好好的，甚至都没觉得不舒服。

你难道不知道，那棵树连摸都不能摸？

快去漱口，听见了吗？

那可不行，这样我嘴里的味儿就没有了。

你不去，我就告诉卡普尼娅！

夏天就快到了，我和杰姆早就迫不及待了。

夏天，我们可以睡在后廊的帆布小床上，或是想办法睡在树屋里。夏天，烈日当空，色彩缤纷，但最重要的是……

夏天，我们有迪尔。

我估计迪尔这小子明天就回家了。

可能得后天了，密西西比要比我们晚一天放假。

杰姆，看！

我看见了，斯考特！我看见了……

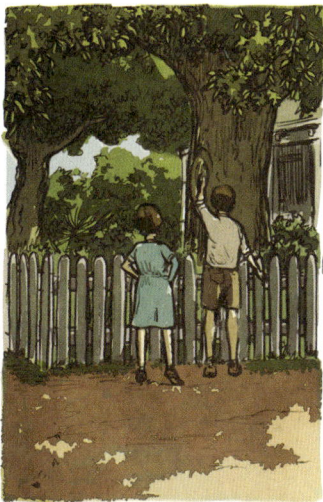

斯考特，是印第安人头像，1906年的，还有一枚是1900年的，年代真够久远的。

1900年，意味着……

先别出声，我在想呢。

杰姆，你觉得这是不是别人藏东西的地方？

不对，除了我俩，谁也不会天天从这儿经过，除非是大人的……

大人才不会藏东西呢。你觉得我们得留着这玩意儿吗？

我们这样，先留着，等到开学的时候，再挨个打听是谁的。

肯定是某个人的，瞧，这玩意儿也擦得太亮了。

肯定是别人攒下来的。

我不知道，斯考特，但这东西对那个人来说很重要。

为什么这么说，杰姆？

没错，可是谁会把口香糖放在树洞里呢？你知道这东西放不了多久的。

唔，印第安人头像——呃，那一定和印第安人有关吧。这玩意有强大的魔法，会给人带来好运的。

不是意外吃到炸鸡的那种运气，而是像长寿、健康，还有通过六个礼拜的考试那样的运气……

肯定是非常宝贵的东西，我得把它们藏在我的箱子里。

今年我见到我爸了。

他比你们的爸爸高，黑色的胡子尖尖的，他是路纳铁路公司*的董事长。

*路纳铁路公司指路易斯维尔 - 纳什维尔铁路公司。

我还帮火车司机开了会儿火车。

鬼才信你的话，迪尔，别瞎扯了。

我们演什么？

汤姆、萨姆、迪克？

迪尔想演《罗弗家的小子们》，因为里面有三个体面的角色。他显然已经厌倦给我们当配角了。

这些都没意思了。

那你来编一个，杰姆。

我已经厌倦编故事了。

……我——闻到——死亡的气息了。真的，我没开玩笑。

……你意思是当有人要死了，你能闻到他的气味？

不是，我是说我只要闻一下某个人，就能知道他是不是快死了。一个老太太教我的。

珍·路易丝·芬奇……

你不出三天就会死。

-45-

迪尔，你再不闭嘴，我就一脚把你的腿踢瘸。我说到做到，赶紧闭上你的臭嘴。

你好像不相信似的。

什么是"热流"？

那些上不了天堂的鬼魂，只能在荒郊野外转悠，这样就形成了"热流"，你要是从它们中间穿过去，等你死了，也会变成孤魂野鬼，在晚上四处游荡，吸别人呼出来的气……

你们都给我闭嘴，看来你还真的相信"热流"啊。

你在夜里走过没有人的道路时，有没有经过一个散发热气的地方？

那怎样才能不穿过它们呢？

没办法。它们有时会伸展开来，把整个路面都占据了。

不过，如果你非得穿过去的话，你可以念咒语：

"光明天使，生死消长，休得挡道，勿吸吾气。"

这样鬼魂就不会死死缠着你了……

迪尔，他的话你一个字都不要信。

卡普尼娅说，那些都是"黑鬼"瞎掰的。

好了，我们要不要玩点儿别的？

滚轮胎怎么样。

你知道我的个头太大了。

你可以推啊。

我先来。
应该是我先来才对吧？我才刚到这儿。
还是让斯考特先玩吧，到时候让你多玩一次怎么样？
等到事情发生后我才意识到，杰姆因为我在“热流”的话题上反驳他，感到很不舒服。
他使出全身力气沿人行道将我推了下去。
地面、天空、房子融为一体，变成了五彩斑斓的调色板。
我的耳朵嗡嗡作响。
我快要窒息了。
斯考特，快出来，快啊！
快点儿，斯考特，别待在里面了。

我知道我们可以演什么了。

演什么？

布·拉德利。

有时候杰姆的脑袋简直是透明的。

他想出这个点子，是想告诉我，他压根儿就不怕拉德利家的人。他是个天不怕地不怕的大英雄，要把我这个胆小鬼比下去。

斯考特，你可以演拉德利太太……

要是真想演，我自己会说的，可我不认为……

怎么啦？

还在害怕？

到了晚上，等大家都睡熟了，他就出来了……

斯考特，他怎么知道我们在做什么？再说了，我看他已经 不在里面了。

他好多年前就死了，他们把他塞进烟囱里。

……

杰姆给我们分配了角色，我演拉德利太太：我只需要从屋里出来，打扫门廊就行了。

迪尔演老拉德利先生。他在人行道上走来走去，杰姆跟他说话的时候，他就会咳嗽。

布·拉德利的角色自然由杰姆来演，他蹲在前门台阶下，不时尖叫、咆哮。

夏天慢慢过去了，我们的游戏仍在继续。我们不断打磨、完善，增加对话和情节，最后把它变成了一个小舞台剧，不过我们每天上演时仍然变换花样。

我很不情愿地把剧本里的各种女性角色演遍了。

RRAAAAARRRGGHHHHH
啊啊啊啊啊啊

你们在演什么？

没什么。

你为什么把报纸都剪碎了，如果是今天的报纸，我就把你揍一顿。

没什么。

什么没什么？

没什么，先生。

这事不会碰巧跟拉德利家有关吧……

没有，先生。

希望没有。

杰……姆……

闭嘴！他能听见我们说话。

我在想我们还要不要继续演？

我不知道，阿蒂克斯也没禁止我们……

杰姆，我觉得阿蒂克斯早就知道了。

不，他才不知道呢。他要知道早说出来了。

你又成女生了，因为女生就喜欢胡思乱想，所以才让人讨厌。

好吧，那你继续演就是了。

你迟早会明白的。

阿蒂克斯的出现只是我不想玩这个游戏的第二个理由。

第一个理由是我蹲在轮胎里滚到拉德利前院那天就有了。

尽管那天我的头都转晕了，强忍着才没有吐出来，但我还是听到了另一个声音，声音很低，在人行道上没法听见。

屋里有人在笑。

迪尔变成了一个讨厌鬼。

那年夏天，他一开始还向我求婚，可他转眼就忘了。那时候他经常约我出去，把我当成他的私有财产，还说他这辈子唯一爱上的女孩就是我，到后来却把我当成了空气。

我揍过他两次，但没什么用，反而让他跟杰姆更亲近了。

有段时间他们老干蠢事，我不愿跟他们搅和在一起，而且我讨厌他们老叫我"女孩"。那年夏天的黄昏时分，我大多时候都跟莫迪·阿特金森小姐坐在她家的前廊上。

莫迪小姐是个寡妇，像条变色龙，在自家的花坛里干活时，她戴着一顶草帽，穿着男人的工作服，但到了下午五点，她洗完澡，出现在她家的门廊时，她那透着凛然之气的美貌能让整条街为之折服。

我们跟莫迪小姐达成了默契，我们可以在她的草坪上玩耍，吃她种的葡萄，前提是不能跳到藤架上。我们还可以在她屋后一块很大的空地上探险，约束条款很宽松。我们都很少跟她说话，只是努力维护着我们之间微妙的平衡关系，但杰姆和迪尔的做法让我和她拉近了距离。

莫迪小姐，你觉得布·拉德利还活着吗？

他叫亚瑟，还活着。

你闻到我的含羞草了吗？今晚它闻起来就像天使的呼吸。

是的，我闻到了。你怎么知道他还活着？

这个问题还真恐怖，不过我觉得这话题本来就挺恐怖的。珍·路易丝，我知道他还活着，因为我还没看到他被人抬出来。

说不定他已经死了，被人塞进了烟囱里。

你这个想法从哪儿冒出来的？

是杰姆说的，他觉得他们把他塞进了烟囱里。

呵——呵——呵，他跟你杰克叔叔倒是越来越像了。

亚瑟·拉德利只是待在屋子里，仅此而已。如果你不愿出门，会不会也待在家里？

是的，可我想出去，他为什么就不想呢？

你和我都很了解整件事情的始末。

我从来没听说过原因。谁也没告诉过我。

你要知道老拉德利先生是位施洗脚礼的浸信会教徒。他们会把所有享乐都当成罪孽，你知道吗？几个教徒从我这里经过时对我说，我和我的花都会下地狱。

你的花也会下地狱啊？

是的，小姐，它们会跟我一起被烈火焚烧。

这不公平，莫迪小姐，你可是我见过的最好的人。

过奖了，小姐。

事实上，这些教徒认为女人本身就是罪孽。他们对《圣经》的理解太过教条。

所以亚瑟先生待在屋子里，是为了躲避女人吗？

我不清楚。你还小，无法理解这些。有时，《圣经》在有的人手里比有些人——比如你父亲——手里的威士忌酒瓶要糟糕。

阿蒂克斯从不喝威士忌。

我的意思是说，即便阿蒂克斯·芬奇喝得酩酊大醉，他也不会像那些神志最清醒的人一样冷酷无情。

有些人只担心来世，却从不学习今生如何过活。你顺着街道看过去，会有答案的。

你觉得他们说的那些事情是真的吗？有关布——我是说亚瑟先生的事情。

这事有四分之三是黑人瞎掰的，另外四分之一是斯蒂芬妮·克劳福德说的。

DING DING 丁零零
丁零零
DING DING DING DING
丁零零

DING 丁零零
DING DING DING DING

别摇那铃铛了。

DING 丁零零
DING DING DING
丁零零

杰姆，你在干什么？
没什么，爸爸。

我不想听你撒谎。快说。

我……只是想捎封信给拉德利先生。

让我瞧瞧。

你为什么想要拉德利先生出来？

我们觉得他可能喜欢和我们……

儿子，这件事我只跟你说一遍：别去折磨那个人了。

这话对你们两个都适用。

除非被人邀请，否则你们不许靠近别人的房子，不许捉弄这条街上甚至这个镇上的任何一个人。

我们并没有捉弄他，也没嘲笑他，我们只是……

这就是你们一直在干的事，不是吗？

捉弄他？

可不是吗，你们把他的事编进戏里，表演给街坊看，好让他们从中受点启发。

我可没说我们演的是他，我没说。

你们别再瞎胡闹了，谁都不许干这事了！

迪尔在这儿的最后一晚，父亲允许
我们去蕾切尔小姐家的鱼塘旁坐坐。

要我说，
我们还是去
走走吧。

去哪儿，
迪尔？

到街灯那边
就回来。

可阿蒂克斯
说过我们……

你不用非得
跟我们一起去，
小天使。

你们打算干什么？

我们只是想透过那块松动的百叶窗往里面瞅瞅。

你要是不想去，就直接回家，并且闭上你的大嘴巴。

但你们为什么非得今天晚上去呢？

晚上谁也看不见我们，阿蒂克斯看书正看得入迷呢，什么也听不见，如果拉德利杀了我们，我们正好不用上学了，反正假期也结束了。

杰姆，求你了……

斯考特，我最后跟你说一次，要么闭上你的臭嘴，要么回家，我对天发誓，你越来越像个女孩了。

话都说到这份儿上了，我没有选择，只能跟他们一起。

瞧见什么了？

啥也没有，只能看到窗帘。

不过，我好像看到一丝微弱的光亮。

去后窗瞧瞧吧。

迪尔，不行。

我们最好
过去看看。

要是不出现，
他们会觉得奇怪的。

-67-

莫迪小姐，出什么事了？

拉德利先生冲着跑到他甘蓝地里的黑人开了一枪。

噢，打中了吗？

没有，朝天开的枪，不过把那家伙的脸都吓白了。

儿子，你的裤子呢？

裤子？

裤子。

啊，是我赢走了，芬奇先生。

赢走了？怎么赢的？

我们在那边的鱼塘玩剥猪猡＊。

＊剥猪猡是一种扑克游戏，输的人要脱去一件衣物。

天哪，迪尔·哈里斯，你居然在我鱼塘边上赌博，小子，我现在就把你这头猪猡的皮给剥了。

等等，蕾切尔小姐，我从来没听说过他们玩过这个。你们是在玩牌吗？

不是的，我们用的是火柴。

杰姆、斯考特，我不想听到你们玩赌博游戏，什么方式都不行。去迪尔那儿把裤子拿回来，杰姆。

迪尔，别担心，她不会把你怎么样的。阿蒂克斯会说服她的。

小子，刚才你脑子转得够快的啊。

迪尔悬着的心放了下来，我和杰姆却很担心，明早杰姆总得穿裤子吧。

迪尔把他的裤子给了杰姆，但杰姆说穿不进去。

我们道了别，迪尔进屋去了。

他终于记起跟我订过婚的事了，又跑了回来，当着杰姆的面亲了我一下。

-Pek-

记得给我写信，听见了吗？

ALABAMA
亚拉巴马

小三眼，睡了吗？

你疯了吗？

我要去把裤子拿回来。

不行，我不会让你去的。

我必须去。

你要是去的话，我就叫醒阿蒂克斯。

杰姆，内森·拉德利明天早上就会发现那条裤子，他会知道是你丢的。到时他拿给阿蒂克斯看，就全完了。你还是睡吧。

所以我才要把裤子拿回来。

听着，这不值得，杰姆。挨顿揍得了，很快就过去了。要不他准会一枪打爆你的头。

拜托了。

~SIGH
哎

是这样的，自打我记事起，阿蒂克斯就没揍过我。

我希望一直保持下去。

那我得跟你一起去……

不，你不行，你只会弄出动静。

在这种情况下，我怎么反驳也没用。

-70-

杰姆？

ALABAMA
亚拉巴马

STANFORD - ALABAMA
JANUARY 1ˢᵗ 1927
斯坦福-亚拉巴马
1927年1月1日

ALAP

杰姆？

杰姆一直闷闷不乐，一个礼拜都没说话。

我试着按照阿蒂克斯曾经建议的那样，钻进杰姆的身体里走来走去：要是我凌晨两点独自一人去了拉德利的家，第二天他们恐怕得给我准备葬礼了。

一天下午，我们正穿过校园，往家里走去，杰姆突然说：

那晚有件事情我没告诉你。

那晚的事，你什么也没跟我提过。

我去拿裤子的时候，裤子已经叠好，放在了栅栏上……

像是特意在那儿等着我似的。

而且裤子已经缝好了。不像是女人缝的，像是我这样的人费劲做的针线活。

像是有人能够看穿我的心思……

嘿，快看。

别拿，杰姆。

这是别人藏东西的地方，比如沃尔特·坎宁安。听着，我们先放这儿，等几天再说，要是到时候还在，我们就拿走，行吗？

好吧，也许你是对的。

肯定是小孩藏东西的地方，不想让大一点儿的孩子拿走。

第三天，那玩意儿还在，杰姆把它塞进了口袋。

于是我们回家了，第二天早上，那个线团还在原来的地方。

从那天起，我们无论在树洞里发现什么，都会占为己有：一枚生锈的勋章，一包口香糖，一块带表链的怀表，直到十月的一天……

斯考特……

这是咱们俩。

给，杰姆，给送我们东西的人写封信吧。

好啊。亲爱的先生……

你怎么知道是男的？

我敢打赌是莫迪小姐——我怀疑她好长时间了。

啊，莫迪小姐不嚼口香糖的……

我上次请她吃口香糖，她说不了，谢谢，口香糖会粘在她的上颚，让她说不出话来。

这话听起来有意思吧？

是啊，有时候她说的话挺有意思的。

亲爱的先生，我们很喜欢那——不对，我们很喜欢你在树洞里留给我们的所有东西。

杰里米·阿蒂克斯·芬奇敬上

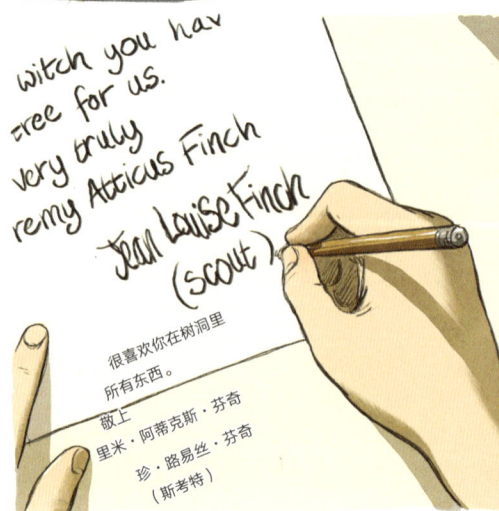

witch you hav
tree for us.
very truly
remy Atticus Finch

Jean Louise Finch
(scout)

很喜欢你在树洞里所有东西。

敬上

里米·阿蒂克斯·芬奇

珍·路易丝·芬奇

（斯考特）

早安，
杰姆、斯考特。

你好，
内森先生。

拉德利
先生？

拉德利先生，呃……你用
水泥把树洞填上了吗？

是的，是
我填上的。

你为什么要这么做，
先生？

那棵树要死了。树得
病的时候就得往树洞
里塞水泥。

阿蒂克斯，看看那边那棵树好吗，求你了，父亲。

什么树，儿子？

拉德利家和学校挨着的角落上的那棵树。

那棵树要死了吗？

没有，儿子，我不这么认为。你看看上面的树叶，绿油油的，那么茂盛，连发黄的斑点都没有。

没生病吗？

那树就跟你一样健康，杰姆。

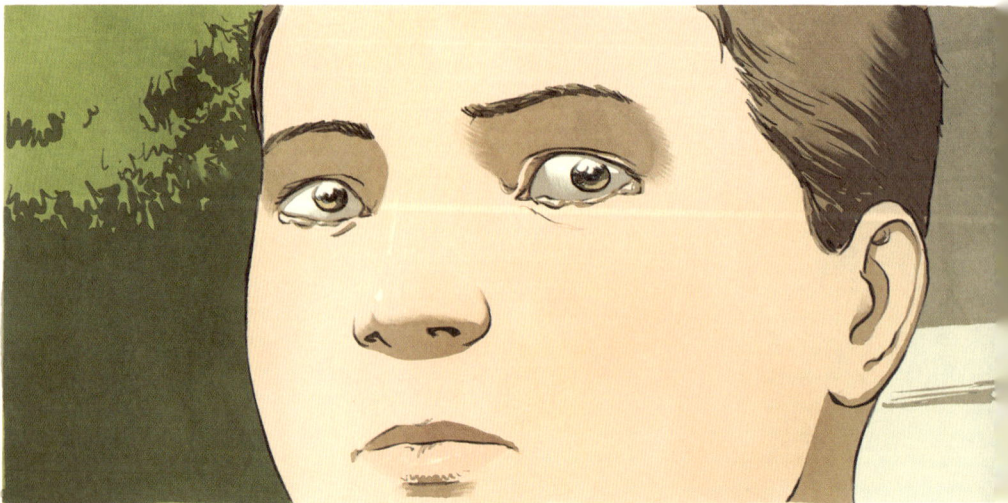

那年的秋天出乎意料地变成了冬天，连梅科姆最有经验的预言家也猜不透其中的原因。

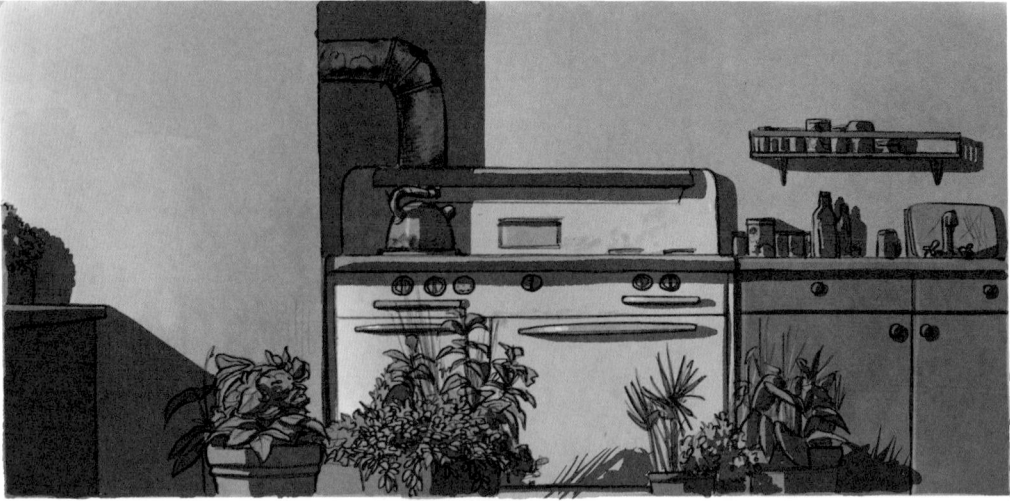

宝贝，
起床。

到早上
了吗？

没呢，夜里一点
刚过，赶紧。

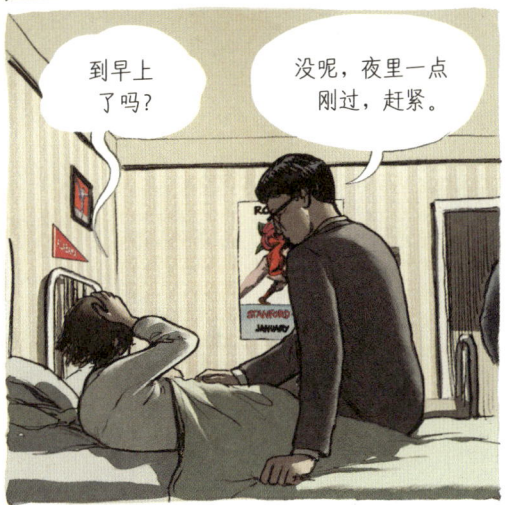

莫迪小姐不在屋子里，她没事。你们两个听我说，跑过去站到拉德利家门前。别挡道，听见了吗？

瞧见风往哪边吹了吗？

房子没了吗？

我想是的。

快跑。别让斯考特离开你的视线。

噢，天哪，杰姆……

别叫了，斯考特，现在还不是担心的时候。

到时候我会告诉你的。

-83-

谁想来杯
热巧克力?

我不是让你和杰姆
待在那儿别乱动吗。

啊，我们没
乱动啊，一直
待在……

那这张毯子
是谁的？

毯子？

是的女士，
毯子。这不是
我们的。

阿蒂克斯，
我不知道……

父亲，我不知道这毯子是从
哪儿来的。我们就是按照你
的吩咐，一动不动地站在拉
德利家前面，我看到内森先
生从莫迪小姐家里拖出……

好了，儿子。

看来今晚梅科姆
所有的人都出来了，都
在用自己的方式救火。

-87-

莫迪小姐,
真为你的房子难过。

我早就想要个
小点儿的房子了,这
样院子还能大一些。

想想看,到时我就有更
多空地种杜鹃花了!

莫迪小姐,
你不伤心吗?

伤心?孩子,哎呀,我恨透了
那个旧牛棚,曾无数次想亲自
放把火烧了它,不过那样做
他们会把我关起来的。

你就别担心我了,
珍·路易丝。

事情总有办法
解决的,只是
你不知道罢了。

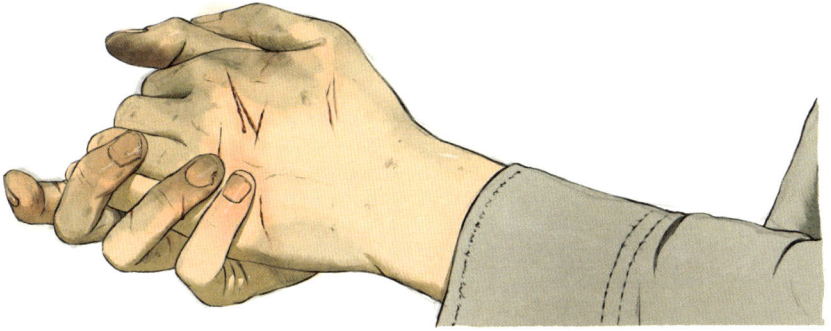

斯考特，你都
已经这么大了，不要做
这种幼稚的事。
你到底
怎么回事？
斯考特？
阿蒂克斯，你在
为黑鬼辩护吗？
当然。
不要叫“黑鬼”，
斯考特，这么说
很粗俗。
在学校，
所有人都这么叫。
那从现在起，从所有人
中减少一个吧……
你既然不想让我长大
后像现在这样说话，为
什么还要送我去学校？
所有律师都为
黑——黑人辩护吗？
阿蒂克斯。
当然啦，
斯考特。

那为什么塞西尔说你为黑鬼辩护？他说得好像你是在偷偷酿酒一样。

我只为一个黑人辩护过，他叫汤姆·罗宾逊。

他住在镇上垃圾场那边的小居住区里。他和卡普尼娅在同一个教会，卡普尼娅和他们一家人很熟悉。

斯考特，你现在还小，有些事情还不懂，镇上有不少人在议论，说我不应该费尽心思为这个人辩护。

如果你不应该为他辩护，为什么还要这么做呢？

原因不少。

主要的原因是，要是我不这么做，我在镇里就抬不起头来了。

我也没法在议会代表我们县了，甚至没法再教你和杰姆该怎么做人。

你是说，如果你不为那个人辩护，我和杰姆就会把你的话当耳边风。

差不多。

你可能会在学校里听到一些不中听的话，但不管别人说了什么，你都不要生气。

用你的小脑袋瓜去跟别人斗……你有个好脑子，虽然它总是抗拒学习。

阿蒂克斯，我们会赢吗？

你要把话
收回去吗，
小子？

那得看你
的本事了！

我们家人都说
你爸太丢人了。
那个黑鬼就应该
被吊死在
水槽下。

这是我第一次在打架的时候
一走了之。

要是我真的跟塞西尔打起来，阿蒂克斯
准会失望的。我获得了一种崇高感，这
种崇高感持续了三个礼拜。

接着，圣诞节来了，一场
灾难从天而降。

芬奇庄园

我和杰姆对圣诞节怀有一种复杂的感情。

它像硬币的两面，好的一面是圣诞树和杰克叔叔。

将硬币翻转过来，就会浮现亚历珊德拉姑姑和弗朗西斯那固执的脸庞。

律师和法官似乎总是钟情于大山的神秘传说，要是我也痴迷这档子事，就会把亚历珊德拉姑姑比作珠穆朗玛峰。在我小时候，她一直冷冰冰地矗立在那儿。

弗朗西斯比我大一岁，我总得躲着他，因为他喜欢我讨厌的每一样东西，并且对我那些天真的消遣毫无兴趣。

杰克叔叔，罗丝·艾尔默怎么样了？

我给你看看。

她长胖了。

我早该想到。她把医院里扔掉的手指头和耳朵都吃掉了。

哎，这可真够恶心的。

什么？

杰克，别理她。她在试探你呢。

卡尔说她都骂骂咧咧一个礼拜了。

吃晚饭的时候，我请求杰克叔叔把该死的火腿递给我，他指了指我。

吃完饭来见我，小姐。

除了这些脏话本身很酷外，我还在奉行一套没什么希望的理论：要是阿蒂克斯发现我的脏话是在学校里学的，他就不会让我上学了。

你现在喜欢说"该死的""见鬼"这样的话，对吗？

我想是吧。

我不喜欢。

除非是气得忍无可忍了才可以。

你长大后想做个淑女，对吗？

不是特别想。

哈。

比起你妈，你更像阿蒂克斯了。

圣诞节早上，我和杰姆扑向杰克叔叔在树下为我们准备的两个长长的包裹。

别在屋子里瞎比画。

你得教他们射击。

这是你的事。

我已经开始想着对弗朗西斯开枪了，但阿蒂克斯说，要是我们胡来，他就把枪没收，我们永远也别想拿回去。

杰姆认为自己长大了，可以与大人为伍了，便留下我一个人跟这个表外甥一起玩。弗朗西斯八岁，梳着油光发亮的背头。

圣诞节你得到了什么礼物？

都是我想要的。

一条齐膝短裤、一个红色真皮书包、五件衬衫和一条领带。

他是我见过的最无趣的小孩。

不错。

我和杰姆每人获得了一把气枪，杰姆还拿到了一套化学实验仪器……

我猜是玩具枪吧。

才不是，是真家伙。他还要给我弄些隐形墨水，我打算用它给迪尔写信。

这有什么用呢？

到时候肯定会让他抓狂。

跟弗朗西斯说话会有一种让人慢慢沉入海底的感觉。

我从没吃过这么棒的圣诞餐。

奶奶可真会做饭。

她打算教我呢。

男生才不用做饭。

奶奶说男人都应该学会做饭，男人得好好照顾妻子，妻子生病的时候还得在一旁服侍。

我可不想让迪尔服侍我。我宁愿服侍他。

对了。千万别把这事说出去。不过，等我们长大就会立马结婚。

你是说那个小矮子吗，就是奶奶说每年暑假都住在蕾切尔小姐家的那小子吗？

正是他。

他的情况我全知道。

他的什么情况？

奶奶说他连个家都没有，由亲戚轮流收养。

弗朗西斯，才不是这样！

珍·路易丝，你有时候也太蠢了。看来你还真不懂啊。

你什么意思？

如果阿蒂克斯舅公让你跟流浪狗到处乱跑，那是他的问题，正如奶奶说的，那不是你的错。

要是阿蒂克斯舅公为黑鬼出头，我猜那也不是你的错，但我得跟你说，这件事把其他家族成员的脸都丢光了。

弗朗西斯，你到底是什么意思？

他只是个替黑鬼出头的人，别的什么都不是！

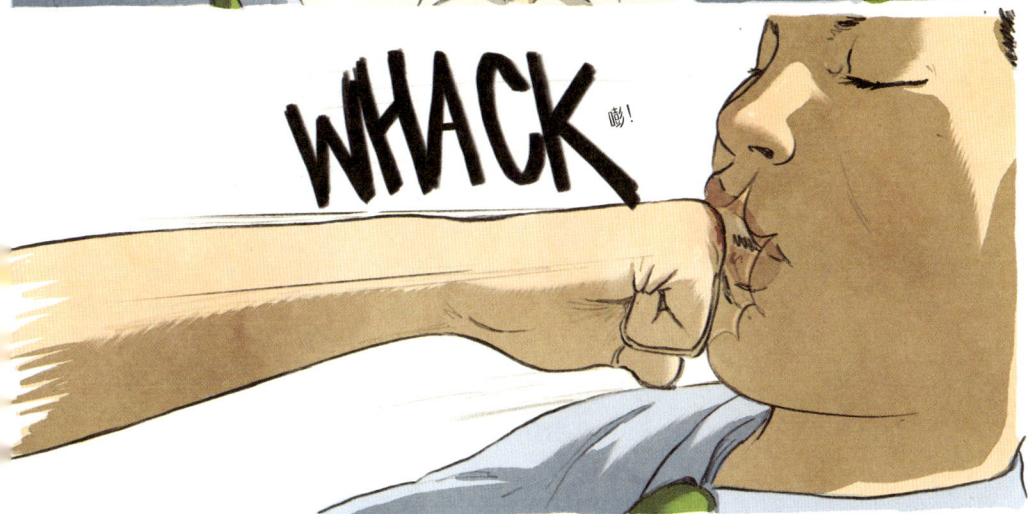

WHACK 嘭！

砰 THUMP 嘭 WHAP SMACK 砰

斯考特，住手！

-99-

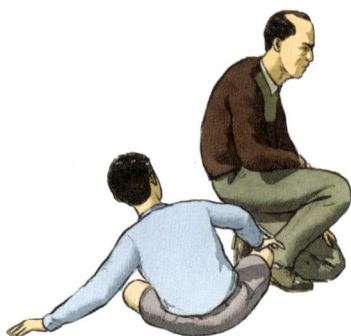

斯考特？ 你还恨我吗？

走开！

甜心，你不能到处叫别人……

你偏心。

偏心？我怎么偏心了？

你是个好人，杰克叔叔，尽管你那样对我，我还是爱你，可你压根儿就不理解小孩。

你那样的行为也不需要怎么理解吧。不服管教，没点规矩，动不动就骂人……

你给我机会让我把事情讲明白了吗？我不是成心要跟你顶嘴，只是想告诉你真相。

说吧。

首先，你从不停下来听听我这边的说法，光知道训我……

还有，你说只有忍无可忍的时候才能说脏话，弗朗西斯让我气得不行，我真想把他揍扁了……

斯考特，你这边的说法是什么呢？

弗朗西斯说阿蒂克斯喜欢黑鬼。

我也不大明白这话到底是什么意思，但弗朗西斯说话的腔调……

他这么说阿蒂克斯的？是的叔叔，他就是这样说的，还不止这些呢……

看我不收拾那小子。

求你了，叔叔，这事就算了吧，求你了。

我可没打算就这么算了，得让亚历珊德拉知道。

杰克叔叔，求你答应我，求你了，这事千万别让阿蒂克斯知道了。

他……他跟我交代过，不管我听到有关他的什么话，都不能干出格的事。我宁愿让他以为我跟人打架是别的原因。

求您了，答应我吧。

但弗朗西斯惹了祸，我可不想这么便宜他。

他也没捞到好处。

你能帮我把手包扎起来吗？还在流血呢。

当然可以，宝贝。

替你包扎伤口我当然是乐意之至。

你能跟我来这边吗？

杰克叔叔？

怎么啦？

什么叫"婊子"啊？

1935 年

阿蒂克斯的身体有点吃不消了。

他都快五十岁了。我和杰姆问他为什么这么老，他说他成家太晚了。

PING 砰

杰姆对橄榄球十分痴迷，每次阿蒂克斯跟他练习抢球，他都不嫌累。可是当杰姆要跟他练习拦截时，他总是说："儿子，我这把老骨头可玩不了这个。"

PING 砰

我们同学的爸爸喜欢做的事他一样不沾：他从不去打猎，不打扑克，不钓鱼，也从不喝酒、吸烟，就喜欢坐在起居室里读书看报。

有了两把新气枪后，打枪的基本要领还是杰克叔叔教我们的。

PING 砰

阿蒂克斯对枪没什么兴趣。

-103-

还不赖吧，
阿蒂克斯？

我就知道你
马上会去打鸟，
儿子。

你们打下多少
冠蓝鸦都没问题，
但记住，杀死
一只知更鸟
就是犯罪。

这是我头一回听阿蒂克斯说做某件事情
是犯罪，便去问莫迪小姐怎么回事。

你爸说得对。

知更鸟只会唱歌给人们听，
它们不会糟蹋花园，不会在
玉米穗仓库筑巢，什么坏事
也不会干，只会尽情地唱歌
给我们听。

所以杀死
一只知更鸟就是
犯罪。

莫迪小姐，我们这儿
是老街区对吗？

比我们镇的
历史还长呢。

我不是问这个，
我是说，街上的人
都很老了。

我可不觉得人到五十岁就很老了，我还没让人用轮椅推着到处乱转吧？

如果你爸才三十岁，你就会发现生活大不相同了。

当然，可是阿蒂克斯什么也做不了。

你会对他刮目相看的。

他有什么本事？

呃，他能帮人把遗嘱写得滴水不漏，谁也别想打歪主意。

他还是镇上最好的棋手。

天哪，莫迪小姐，我和杰姆每次都赢他。

现在你该明白，这是因为他总是让着你们。你知道他会吹口簧琴吗？

你在看什么，杰姆？

前面那条老狗。

那是老蒂姆·约翰逊吧？

没错。

它在干什么？

我不知道，斯考特。

我去告诉卡尔。

-105-

卡尔，你能到人行道上来一下吗？

干什么，杰姆？总不能每次你一叫我，我就到人行道上去吧。

那边有条老狗好像不对劲。

它都站不稳了。

给我接芬奇先生办公室！

芬奇先生！

我是卡尔。

我对天发誓，有条疯狗正朝街这边过来……那家伙正过来呢，好的，先生，它……

芬奇先生，我确定……

那是老蒂姆·约翰逊，好的，先生……

好的，先生……好的……

CRACK

咔嚓!

我都看见了，弹无虚发的芬奇先生！

我让泽布来把狗弄走。

你还宝刀不老嘛，他们说这样的本事永远都丢不了。

杰姆、斯考特，别靠近那条狗，明白吗？千万别靠近它，疯狗死了跟活着一样危险。

好……好的，父亲。

阿蒂克斯？

什么事，儿子？

……

没什么。

小子，怎么了？难道你不知道你爸是……

别说了，赫克。

我们回镇上吧。

怎么样，
珍·路易丝
小姐，

还觉得
你爸没什么
本事吗？

不会了。

忘了告诉你们，
阿蒂克斯不光会吹口簧琴，
当年还是梅科姆的
神枪手呢。

神枪手……

他从来
没提起过。

从没提起过吗？

是的，夫人。

我不明白他
现在为什么不去
打猎了。

也许我可以
告诉你原因。

如果说你们父亲有什么
不同的地方，那就是他有一颗
高贵的心。好枪法是上帝赐予
的礼物，是一种天赋。

看起来他会为自
己的才能自豪。

头脑清醒的人都不会
恃才傲物。

等到礼拜一上学的时候，我们可有得吹了。在梅科姆，不是每个人的老爸都是神枪手。

斯考特，什么也别提。

他如果想让我们知道，早就说了。

也许是他忘了呢。

不是的，斯考特，这你不明白。

阿蒂克斯确实老了，但即便他什么事都做不了了，我也不在乎——就算他啥也不会，我也不在乎。

阿蒂克斯是个绅士，像我一样。

我上二年级后，捉弄拉德利的游戏已经不时兴了。我们对梅科姆的商业区产生了兴趣，于是经常得从拉斐特·杜博斯太太家门前的那条街经过。

我和杰姆非常讨厌她。我们经过时，如果她坐在门廊上，就会被她用愤怒的目光扫视，还要忍受她对我们言行举止的严厉质问，她甚至会对我们长大后会成为什么样的人进行悲观的预测，总是认为我们将一事无成。

嘿，杜博斯太太！

别对我说"嘿"，你这个丑八怪！你得说："下午好，杜博斯太太！"

她真恶毒。有一回她听见杰姆叫父亲"阿蒂克斯"，气得差点中风。

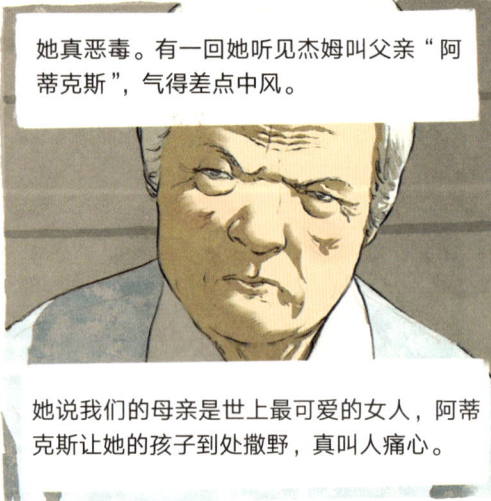

她说我们的母亲是世上最可爱的女人，阿蒂克斯让她的孩子到处撒野，真叫人痛心。

有无数个晚上，阿蒂克斯都会发现杰姆气坏了，因为我们每次从杜博斯太太门前经过时她都会说难听的话。

不用在意，儿子。

她老了，还生着病。你昂头挺胸，拿出绅士风度来，不管她对你说了什么，你都不应该生气。

THE MONROE

杰姆过完十二岁生日后的第二天，他的钱在口袋里发烫，于是，那天下午我们早早就往镇上去了。杰姆觉得他的钱足够给自己买台小型蒸汽机，余下的钱还能给我买一根指挥棒。

我心里有一个强烈的愿望，我想长大后在梅科姆高中的乐队里挥舞指挥棒。

你穿着工装裤干什么？小姐，你应该穿裙子和紧身衣。要是没人管教你，你长大后就只配做个端盘子的。

别搭理她，斯考特。

不理她就对了，只管昂首挺胸，像个绅士一样。

芬奇家的人不仅有人当端盘子的，还有人在法庭上帮黑鬼打官司！

你父亲为黑鬼和人渣打官司，他自己也好不到哪儿去。

我已经习惯了别人对阿蒂克斯恶语相向，但还是头一回听到一个成年人这么说。

回家的路上，杜博斯太太没在门廊上。

多年后，我有时还会想，到底是什么原因让杰姆做出那样的举动。

杰姆八成和我一样，受够了有关阿蒂克斯为黑人打官司的流言蜚语，我想当然地认为他能克制自己的脾气，毕竟他天生性格温和，沉着冷静。

可是当时，我能想到的唯一解释是在那几分钟里，他纯粹是疯了。

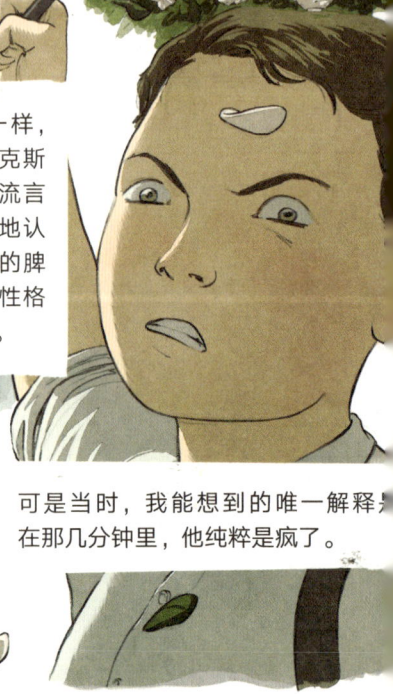

你为什么要这么做？

她说你为黑鬼和人渣打官司。

你这么做就因为她这句话？

是的，父亲。

儿子，你肯定还被跟你一样大的孩子激怒过，说我为黑人打官司，这你跟我说过，但你对一个生病的老人干出这事是不可饶恕的。

我强烈建议你去跟杜博斯太太谈谈。

谈完后直接回家。

你根本就不关心他经历了什么。其实他只想维护你。

我从来没想过杰姆会为这种事情失去理智，本以为你会捅出更大的娄子呢。

怎么样，儿子？

我帮她清理干净了，还向她道歉了，不过我并没有感到歉意。

阿蒂克斯，她想让我给她读书。她希望我每天下午放学后，还有每个星期六都去，都去给她大声朗读两个钟头。

阿蒂克斯，我非得这么做吗？

当然。

可是她要我去一个月呢。

那你就去一个月好了。

阿蒂克斯，在人行道上没事，可要是进屋里，里面黑乎乎的，怪恐怖的。天花板上还有影子，像是有什么东西……

正好可以让你发挥想象力。

你就假装在拉德利的房子里。

-120-

杜博斯太太?

你还把你脏兮兮的妹妹带来了?

我妹妹才不脏呢，我也不怕你。

杜博斯太太，你还好吧?

她该吃药了。

阿蒂克斯给了我两支黄色的铅笔，给了杰姆一本橄榄球杂志，算是他对我们第一天为杜博斯太太读书的奖励。杰姆把情况跟他说了。

她吓到你们了吗？

没有，不过她挺恶心的，老是抽搐，还经常吐痰。

她吓到我了。

她也没什么办法。人在生病的时候会难看些。

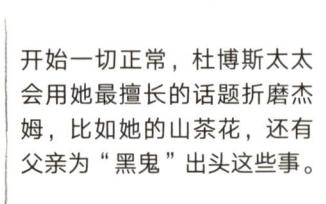

开始一切正常，杜博斯太太会用她最擅长的话题折磨杰姆，比如她的山茶花，还有父亲为"黑鬼"出头这些事。

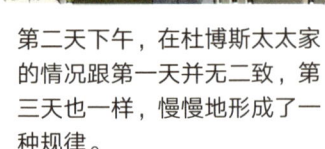

第二天下午，在杜博斯太太家的情况跟第一天并无二致，第三天也一样，慢慢地形成了一种规律。

然后她的话越来越少，之后就不搭理我们了……

接下来，闹钟一响起，杰茜就会把我们赶出去，剩下的时间就归我们了。

有一次，她的痉挛好了，又恢复了老样子。

杰里米·芬奇，我早跟你说过，你毁了我的山茶花，我得让你后悔一辈子，现在后悔了吧？

后悔极了。

你以为能把我的银边翠给毁了，是不是？杰茜说它上面已经长出新叶了，下次你就知道怎么做了吧，你会把它的根都拔掉，对吗？

我当然会。

小子，把话给我说清楚了！头抬起来，回答说"是的，夫人"。当爹的都那样了，想必你也抬不起头了。

就到这儿吧。

结束了。

再见。

这事总算完了。我们快活极了，蹦蹦跳跳地走在人行道，开心地大叫。

那年春天可真不赖：白天越来越长，我们玩耍的时间也多了。

杰姆的脑子里几乎塞满了全国各大学橄榄球队的得分情况。

我打算去杜博斯太太家一趟。

用不了多久。

我们有一个月没见过杜博斯太太了。我们经过她家门前的时候，她就没在门廊上。

她有什么事？

她死了，儿子。

几分钟前死的。

噢，好吧。

也算是件好事吧，她不用再受苦了。

她病了很长时间，儿子，你知道她为什么会痉挛吗？

杜博斯太太对吗啡上瘾。

这些年她一直在用吗啡止痛，是医生给她开的。

她的余生本来可以指望这玩意儿，死的时候也不用那么痛苦，可她偏要较劲。

怎么回事？

她说她要清清白白地离开这个世界，不想依赖任何东西，也不想亏欠谁。

她决意要在去世之前戒掉吗啡，她说到做到了。

她仍然坚决反对我做的事情，还说我下半辈子都得把时间花在把你从牢里保释出来。

她让杰茜为你准备了这个盒子……

-124-

该死，该死！

她为什么就不能饶过我呢？

嘘。

我想她只是用这种方式告诉你……什么都过去了，杰姆，什么都过去了。

你知道吗，她是个非常有教养的女人。

有教养的女人？她说了你那么多坏话，能有什么教养？

当然。只不过她对事情的看法独特，也许很多都跟我的观点不一样……儿子，即便那天你没有失去理智，我也会让你去读书给她听。

我希望你能明白什么是真正的勇敢，并不是把枪拿在手里就是勇敢。

而是你明明知道会失败，还是会去做，不管发生什么事情，你都会坚持下去。

你很少会赢，但总有赢的时候。尽管杜博斯太太只有区区九十八磅，她却赢了，用她的话说，她死的时候不依赖任何东西，也不亏欠任何人。

我从未见过像她这么勇敢的人。

亲爱的斯考特，

　　希望你一切都好，我有个新爸爸了，照片附在信封里。他跟阿蒂克斯一样，也是个律师。今年暑假我会待在默里迪恩，因为我们打算一起建艘渔船。

　　今年暑假见不到你，我很抱歉，但我只想让你知道，我爱你，别担心，等我攒够钱就会来找你，跟你结婚。

你最真诚的迪尔

Dear Scout,

I hope that this letter finds you well I have a new daddy ~~has~~ whos picture you will find inclosed. He's a ~~loyer~~ lawyer like Atticus. I will be staying here in Meridian this summer on account of we are going to build a fishing boat together.

Im ~~awful~~ sorry not to see you this summer but just know that I love you and dont worry I will come and get you and marry you as soon as I have enough money.   Yours very truly,

Dill

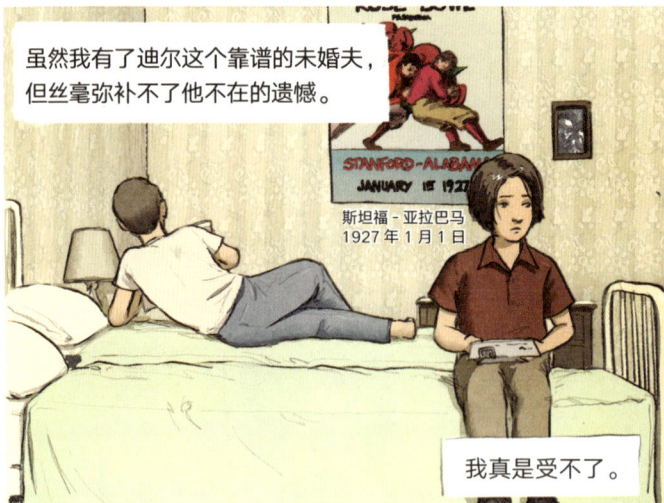

虽然我有了迪尔这个靠谱的未婚夫，但丝毫弥补不了他不在的遗憾。

斯坦福 - 亚拉巴马
1927 年 1 月 1 日

我真是受不了。

杰姆十二岁了，变得很难相处，情绪时好时坏，喜怒无常。

阿蒂克斯说我得对他耐心点儿，尽量别去打扰他。

有一次吵完架后，杰姆咆哮道："你也该有个女孩样了，规矩点儿！"我的眼泪夺眶而出，跑去找卡普尼娅。

你也别太为杰姆先生的话难过……

杰姆——先生？

是的，差不多可以叫他"杰姆先生"了。

他哪有那么大，揍他一顿就老实了，可惜我块头不够。

祸不单行，州议会召开紧急会议，阿蒂克斯得离开我们两个礼拜。

你和杰姆先生明天跟我一起去教堂怎么样？

真的吗？

怎么样？

我们就像是要去参加狂欢节。

干吗穿得这么正式啊？

我可不希望旁人说我没有照顾好孩子。

黑人的循道宗 * 教堂位于镇子南边的居民区，在老锯木厂轨道的对面。

这是梅科姆唯一有尖塔和大钟的教堂，因为教堂是获得自由的奴隶用挣来的第一笔钱买下的，所以取名为"首购"教堂。

*循道宗又叫卫斯理宗，基督教新教主要宗派之一。

黑人们星期天在此做礼拜，其他的日子，白人则聚在这里赌博。

卡尔小姐，你在干什么？

怎么了，卢拉？

我想知道你为什么把白人小孩带来黑人教堂。

他们是我的客人。

我觉得她的声音怪怪的，声音不大，却透着一丝轻蔑的意味。

是吧，想必你平时在芬奇家也是客人。

别生气。

站住，你这个黑人。

他们有他们的教堂，我们有我们的教堂，不是吗，卡尔小姐？

不都是同一个上帝吗？

卡尔，我们回家吧，他们不欢迎我们来这儿……

-131-

汤姆·罗宾逊先生的麻烦你们也都清楚了。

他从小就是首购会忠实的会员。

今天以及接下来三个礼拜筹集的善款，都将捐给他的妻子海伦，帮她贴补家用。

这个汤姆就是阿蒂克斯为他辩护……

嘘！

有请乐队指挥领我们唱第一首赞美诗。

我们来唱第二百七十三首……

《河的尽头有一个地方》。

咳咳。

There's a land beyond the river,
That we call the sweet forever,

♪河的尽头有一个地方，
♪我们称之为永恒的乐土。

And we only reach that shore by faith's decree;
One by one we'll gain the portals,
There to dwell with the immortals,
When they ring the golden bells for you and me.
♪唯有坚定信念，才能到达彼岸，
♪我们将一个个抵达传送之门，
♪那里住着长生不老的人，
♪他们为你我摇响金色的铃儿。
Don't you hear the bells now ringing.
Don't you hear the angels singing?
'Tis the glory hallelujah Jubilee.
In that far off sweet forever,
♪你们现在没听到铃儿在歌唱吗？
♪没有听到天使在歌唱吗？
♪那是赞颂上帝的狂欢佳节，
♪在那遥远的乐土，
Just beyond the shining river,
When they ring the golden bells for you and me.
♪就在那闪亮的河尽头，
♪他们为你我摇响金色的铃儿。

主啊，保佑那些遭受病痛和苦难的人。

赛克斯的布道跟我们平日在教堂的过程没什么两样，直言不讳地斥责罪孽，告诫我们抵制邪恶的诱惑，比如偷酿私酒、赌博，以及跟陌生女人接触。

我再次听到有关女人不忠的教义，似乎所有牧师都热衷于这个话题。

布道即将结束时，他站在讲道坛前面的一张桌子旁，要大家做晨祭。

这还不够，我们必须筹集十美元。

你们都知道这些钱做什么用——汤姆在监狱里，海伦不能撇下孩子去工作。

亚力克，把门关上，没凑够十美元谁也别出去。

我希望所有没孩子的人做点儿牺牲，每人再凑一角钱，就够了。

卡尔，我们也把钱放进去吧。

斯考特，把你的一角钱拿出来。

你们能来，我们特别高兴。

你们为什么都给汤姆·罗宾逊的妻子捐款啊？

你没听说过吗？

海伦有三个孩子，她没法出去干活……

牧师，她干吗不把孩子带去干活呢？

实话告诉你，珍·路易丝小姐，现在海伦很难找到活干。

为什么……

谢谢你让我们来这儿，牧师。

卡尔，我知道汤姆·罗宾逊干了坏事被关在监狱里，可是大家为什么不愿意雇用海伦呢？

因为大家都说汤姆干了那样的事。

大家都不想……跟他家扯上任何关系。

卡尔，他到底干了什么事？

老鲍勃·尤厄尔告他强奸了自己的女儿，让人把他抓起来，投进了大牢。

尤厄尔先生？跟开学第一天到学校报个到就回家的尤厄尔有什么关系吗？

呃，阿蒂克斯说这些人都是烂人……

没错，就是他们。

卡尔，什么是强奸啊？

这你得去问芬奇先生。

你们都饿了吗？今天早上牧师拖了很长时间，平日里可没这么啰唆。

他和我们的传道士一样，可是你们为什么那样唱赞美诗？

要是他们把一年的善款攒起来，能买几本唱诗本呢。

那有什么用，他们又不识字。

这些人都不识字吗？

是啊。"首购会"就四个人识字……而我是其中一个。

卡尔，
你在哪儿上
的学？

我没上过学。
我想想，是谁教我
识字的？

是莫迪·阿特
金森小姐的姑姑，
老比福德小姐
……

你有
那么老吗？

我比芬奇先生的岁数
还大呢。不过也不晓得
到底大多少。

有一回，我们回忆
小时候的事，想弄清楚我
到底多大了，结果我记得的
事情也就比他早几年。

卡尔，
你的生日是
哪天啊？

我把圣诞节当成
了生日。

可是卡尔，你看起来
远没有阿蒂克斯老。

黑人不那么
显老。

卡尔，
你教泽布识字吗？

是的，杰姆先生。

我每天让他读一页
《圣经》。

卡尔，我下次
可以来看你吗？

看我？甜心，
你每天都能看
到我。

是去你家，
等你干完活后，
可以吗？阿蒂克斯
会来接我。

随时可以。
我们非常欢迎。

亚历珊德拉姑姑的样子令人着迷，她笔挺地坐在门廊上，看起来非常坚定，像是在那儿坐了一辈子似的。

卡普尼娅，把我的包放到前面的卧室里。

珍·路易丝，别挠头了。

我来拿包。

你是来看我们的吗，姑姑？

我和你们的父亲做了个决定，是时候来跟你们待一段时间了。

杰姆就快是大人了，你也一样。

我们认为，你最好能受到一些女性的影响。

你不想吉米姑父吗？

"一段时间"在梅科姆可以指三天，也可以指三十年。

这句话刚一出口，我就觉得这是个愚蠢的问题，亚历珊德拉姑姑没有理会。

我想不出任何话题跟她聊，事实上，我根本不知道该对她说什么，于是，我站在那里，回想着我们过去那些折磨人的对话：

你好吗，珍·路易丝？

很好，谢谢，姑姑，你好吗？

很好，谢谢，你最近在忙什么呢？

没什么。

你什么都没做吗？

是的。

你肯定有朋友的吧？

有啊。

那你们都做些什么？

什么也不做。

-139-

呜呜
BRRRRRRN

阿蒂克斯！

你给我带书了吗，知道姑姑来了吗？

是的。

姑姑是来给我帮忙的，也是帮你们的忙。我没法整天守着你们，今年夏天会非常热。

好的，父亲。

其实他说的话我完全没听懂。

亚历珊德拉总是说"什么是对家族最好的事"，我猜她来跟我们住也是这个原因。

她这样的人应该很难找出第二个了，兼具河船上和寄宿学校里的做派：从来不放过任何跟道德有关的问题。

别的家族有什么缺点，她会毫不留情地指出来，好彰显我们家族的荣耀。

要是唱诗班上有个十六岁的女孩笑出声来，她就会说："我就说吧，彭菲尔德家族的女人轻浮得很。"在她看来，梅科姆的人都有某种毛病：酗酒、赌博、吝啬、古怪。

妹妹，你好好想想，芬奇家族到我们这代才开始不再近亲结婚，你难道要说芬奇家族的人有乱伦的癖好吗？

不会。

亚历珊德拉姑姑上学的时候，任何课本上都没有"自我怀疑"这样的字眼，所以她的脑海里根本没有这个概念。

我怎么也不明白她为什么对遗传这么着迷，我不知道自己从哪儿得来的印象，总觉得好人都是凭借自己的心智尽心尽力做事，但亚历珊德拉姑姑曾隐晦地表达过自己的观点，一个家族守护某块土地的时间越长，这个家族就越优秀。

照你这么说，尤厄尔家族也很优秀了。

我时常想，她怎么能是阿蒂克斯和杰克叔叔的妹妹呢，我又隐约记起了杰姆很早以前编的那个调包小孩和曼德拉草根 * 的故事。

曼德拉草根像人形，传说有神奇的魔力。

亚历珊德拉姑姑自然而然地适应了梅科姆的生活。

呃——唔。

我不知道该怎么说。

你就直说吧，难道我们又闯祸了？

不是，我想解释一下，你们姑姑要我……

儿子，你知道你是芬奇家族的人吧？

人家是这么告诉我的。

阿蒂克斯，到底什么事？

我想把一些生活的真相告诉你们。

这玩意儿我早都知道了。

你们的姑姑要我来告诉你们，让你和珍·路易丝别忘了，你们的祖先都有着高贵的血统。

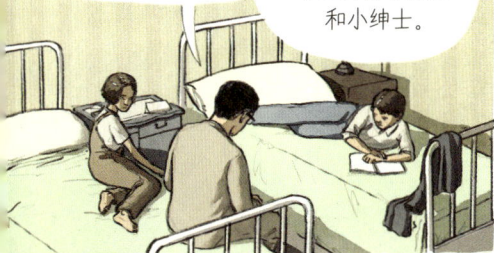

你们不能辜负自己的姓氏……

她让我跟你们说，你们的言行举止得像小淑女和小绅士。

我莫名地想哭，怎么也忍不住。

这哪里还像我父亲。

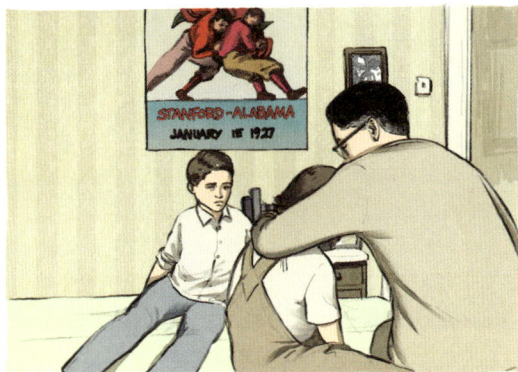

STANFORD - ALABAMA

JANUARY 1st 1927

阿蒂克斯，你刚才说的那些规矩管用吗？我是说……

什么也不用担心，斯考特。

还没到担心的时候。

你真的想让我们那么做吗？芬奇家族该做的事，我通通不记得了。

我也不希望你们记住这些，

忘了吧。

-143-

虽然我们没再从亚历山德拉姑姑那里听到更多芬奇家族的事，镇上的传闻却不少。

每个礼拜六，要是杰姆允许我陪他一起到镇上，我们都会带上五分钱的硬币，从人行道上汗涔涔的人群中挤过去，有时我会听见有人在喊"那就是他家的孩子"或是"那是芬奇家的人"。

哈！

他们逍遥法外，在乡下到处强奸，管这个县的人管不了他们。

这个模棱两可的评论提醒了我，我还有个问题要问阿蒂克斯呢。

向你姑姑道歉。

我没问她，我问的是你……

先向你姑姑道歉。

对不起，姑姑。

我想了一会儿，觉得只有去洗手间才能稍微体面地离开。

回来的时候，我在门厅里逗留，听到起居室传来了激烈的争吵声。

……你必须得想法子管教她！你放任她太久了，阿蒂克斯，太久了。

我不觉得让她去那儿有什么不妥，卡尔会像在这里一样照顾好她。

阿蒂克斯，心肠软不是坏事，但你得为女儿着想，她已经一天天长大了。

我正是在为她着想。

别想把话题岔开。

你迟早得面对，不妨今晚就确定。我们现在不需要她了。

亚历珊德拉，除非卡普尼娅自己想走，否则我不会让她离开这个家。

她是我们家忠实的一员，现实就是这样，你只能接受。

可是，阿蒂克斯……

况且，我不认为卡普尼娅把两个孩子带大，让他们受过一丁点委屈。

我想卡尔是按照自己的方式抚养孩子，她的方式相当不赖——还有，孩子们也爱她。

斯考特，尽量别再惹姑姑生气了，听见了没？

你这是在教我怎么做吗？

没有，只是……

阿蒂克斯脑子里装的事情太多了，我们就别让他操心了。

比如什么事呢？

是汤姆·罗宾逊的案子，他烦得要死。

阿蒂克斯并没有为什么事情操心啊。再说了，这个案子也就一个礼拜让我们烦一次而已，不会拖太久。

那是因为你脑子根本不想事情，眨眼就忘了。

大人可不一样，我们……

最近，他总是一副高高在上的派头，实在叫人受不了。

杰姆，你这个混蛋，你以为你是谁？

斯考特，我说话算数，你要是再惹姑姑……

我就把你屁股打开花。

听到这话，我一跃而起。

你这个该死的阴阳人！

-148-

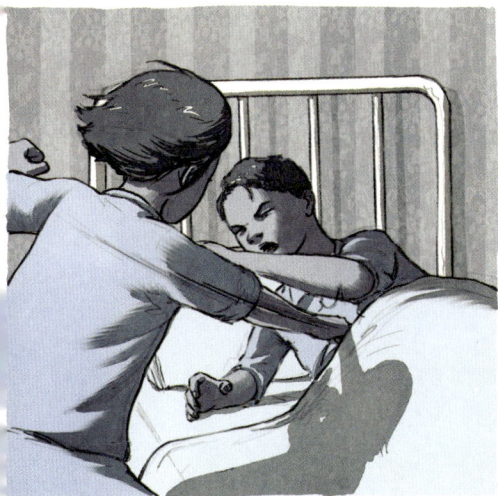

看你还能不能
那么嚣张！

嘿。

万能的
上帝啊！

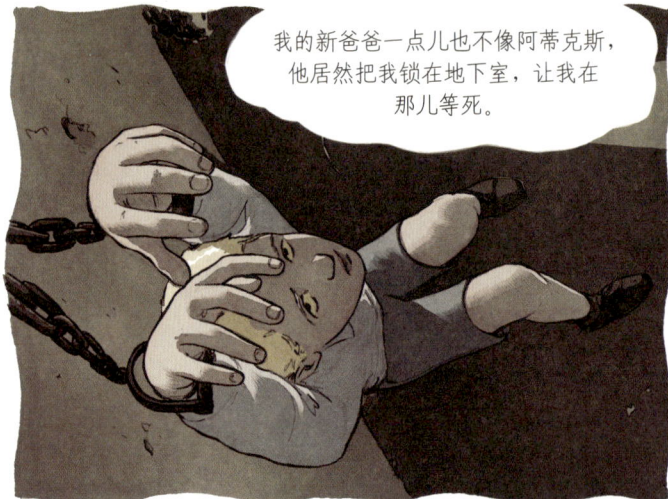

他们让我给骆驼洗澡，我走遍了整个密西西比州，后来我发现河对岸就是梅科姆，便离开了马戏团，来到了这儿。

我趁着天黑偷偷逃了出来，走了一整夜，碰到了一个巡回演出的马戏团。

你到底是怎么到这儿来的？

我从妈妈的钱包里拿了十三美元，搭九点钟从默里迪恩出发的车来的。

他们肯定不知道你在这儿。

估计他们还在默里迪恩的各个电影院里找我呢。

你应该让你妈妈知道你在哪儿。

说完，杰姆便打破了我们童年时的契约……

阿蒂克斯……

阿蒂克斯，您能来一下吗？

放心，迪尔，要是他想让你知道什么，会告诉你的。

我不害怕……

咔嚓
KLIK

我猜他只是饿坏了吧。

斯考特，你让这小子吃饱了，等我回来再做打算。

芬奇先生，千万别告诉蕾切尔姨妈，别让我回去，求您了，先生！要不我还会跑掉的……

呵呵，小子，谁也不会把你撵走，赶紧睡一觉。

我只是去告诉蕾切尔小姐你在这儿，问问她，能不能让你在我们这儿过夜。

看在上帝的分上，让你身上的泥土物归原主吧，水土流失的问题已经够严重的了。

他只是想展现他的幽默。

意思是让你洗个澡。

挪过去点儿，斯考特。

迪尔，杰姆觉得他必须那样做。别生他的气了。

我才没生气呢。我只是想跟你一起睡。你醒了吗？

你为什么要这么做？

他真的像你说的那么可恶吗？

没有。

你们真的像你信里说的一起造船了吗？

他只是说说而已，根本没造过。

那你也不能因为这个离家出走啊。他们多半都会食言的。

并不是因为这个，他……他们根本不关心我。

怎么会？

呃，他们都不在家待着，即便回家了，也都是待在他们自己屋里。

你知道吗？今天晚上我也打算离家出走，因为他们都对我指手画脚。你也不想所有人都整天围着你转吧，迪尔。

才不呢。

我的意思是说，没有我，他们会过得好得多，我帮不上什么忙。

他们并不小气。我想要什么他们都会给我买。结果就成了："这东西你已经有了，去玩吧。""我给你买了书，去看吧。"

呵，他们可不小气。

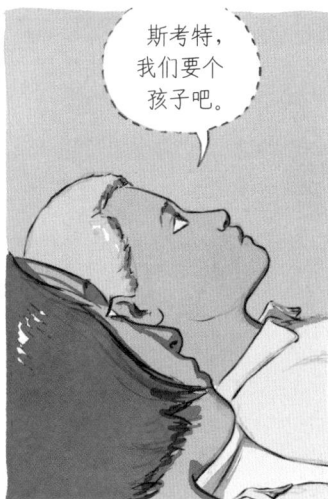

斯考特，我们要个孩子吧。

去哪儿要？

有个老人说可以预订呢，说是在一个满是雾气的岛上。

才不是这样呢。两个人才能
生孩子。听说还有这么一个人，他
有很多孩子等着唤醒，他只要吹一
口气，那些孩子就都活过来了。

脑子恍恍惚惚，尽想些美妙的事。

迪尔又开始神游了。

我读一本书的时间，他能看完两本。他做加减法的速度快如闪电，但他宁愿沉浸在自己
那个朦胧的世界里——那里的婴儿都在熟睡，如同清晨的百合花，等着人们去采摘。

他慢慢地说着，带着我跟他一起
进入了梦乡。

但在他幻想的那个雾气缭绕的岛上，出现了一个黯淡的画
面，那是一幢灰色的房子，有几扇阴郁、残破的棕色大门。

为什么
布·拉德利从不
离家出走？

我们打了无数个电话，代表"被告"苦苦哀求，迪尔的妈妈写了一封长信原谅了他，最终确定他可以留下来。

我们在一起度过了一个礼拜的安稳日子。但好景不长。

噩梦降临了。

芬奇先生，他们要把汤姆转到县监狱。

我不想找麻烦，但我也无法保证不会有麻烦。

别傻了，赫克，这里是梅科姆。

这里不会有人惹是生非，我担心的是老塞勒姆那些人。

你不怕那帮人吧，林克？

谁知道那些家伙喝醉了会干出什么事来。

他们礼拜日不喝酒，大部分时间都在教堂里待着。

不过这次的情况很特殊。

实在不明白你当初为什么非得接这个案子。

到时候你会失去一切的，阿蒂克斯，我是说什么都会没了。

林克，那孩子可能得坐上电椅，但在真相大白之前，他还用不着去。

你也知道真相是什么。

他们在逼你吗？

没有，儿子，那些人都是我们的朋友。

他们不是……什么帮派吗？

不是，梅科姆没有黑帮，没有那些乱七八糟的东西。

有一回，三K党还追杀过天主教徒呢。

我也从没听说梅科姆有什么天主教徒。

三K党早走了，再也不会回来了。

斯考特……我怕。

怕什么？

我担心阿蒂克斯，有人可能会伤害他。

我出去一会儿，等我回来的时候，你们说不定已经睡觉了，我现在就跟你们道声晚安吧。

为什么要出去？

他们打算把汤姆转移到县监狱，要是他们从一开始就这么做，倒也不会引起骚乱……晚安。

他去开车了。

父亲有几个怪癖：一个是他从不吃甜点，二是他喜欢步行。

你干什么？

我去一下镇上。

为什么？都这么晚了，杰姆。

我知道，但我一定要去。

那我也跟你一起去。就算你不让我去我也要去，我非去不可，听见了吗？

好，好。

迪尔也想去。

那他也一起。

嘘，迪尔。

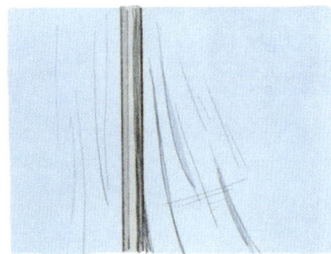

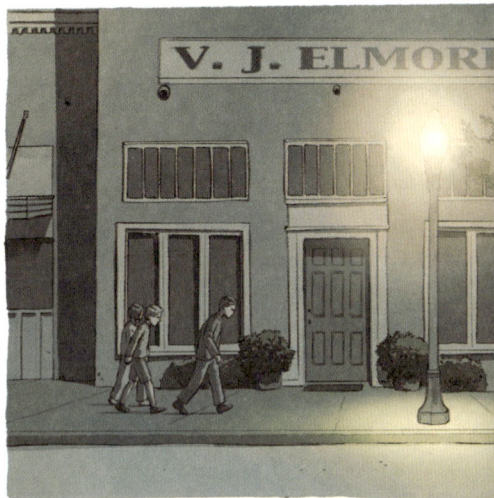

别去找他。

他可能会不乐意。他既然没事，我们就回家吧。我只想弄明白他在哪儿。

他在里面吗，
芬奇先生？

是的，

他在睡觉，
别叫醒他。

你知道我们
想干什么。

别挡着门，
芬奇先生。

你最好打道回府，
沃尔特先生。

赫克·泰特
就在附近。

鬼才信。

赫克那伙人去林子深处了，
早上才会回来。

真的吗？
怎么回事？

我们来了个调虎离山之计，
你没想到吧，芬奇先生？

想过，但
没想到你们真
会这么做。

这样情况就
不一样了，对吗？

对。

阿蒂克斯！

嘿，
阿蒂克斯！

?!

回家，杰姆，
带斯考特和迪尔
回家。

我说让你们回家。

我送他回家。

别碰他！

够了，斯考特！

谁也不能这样对待杰姆。

好了，芬奇先生，让他们离开这儿。给你十五秒，把他们打发走……

嘿，坎宁安先生。

嘿，坎宁安先生，你的限定继承权进展得怎么样了？

你不记得我了吗，坎宁安先生，我是珍·路易丝·芬奇。

你上次还送了些山核桃给我们，记得吗？偿还阿蒂克斯的钱。

我跟沃尔特是同学。

他是你儿子吧？是不是，先生？

嗯。

他是个好孩子。

人真不赖，我们上回还带他回家吃饭了。

有一次他害我说错话，我还揍过他一次呢，不过他并不记仇。代我向他问好，可以吗？

……

怎么了？

我会转达你的问候，小姐。

我们撤。

走吧，伙计们。

斯考特，
你为什么不喝
咖啡呢？

我原以为坎宁安
先生是我们的朋友。你很早
以前是这么说的。

他现在也是。

但他昨晚想
伤害你。

坎宁安先生本质
是个好人，昨晚他成了
暴徒团伙的一员，但他
仍然是个好人。

在南方任何一个小镇
上，每一伙暴徒里的人
都是你认识的——这让
你觉得他们也没什么了
不起的，对吗？

不知道雷蒙德先生
是怎么在马鞍上坐稳的。

他早上不到八点就喝得
醉醺醺的，怎么受得了？

莫迪小姐，
你今天上午去
法庭吗？

我今天
上午不用去
法庭办事。

不去。

你不打算
去瞧瞧吗？

不了，去看一个可怜的人接受
生死审判，真是变态。看看那些人，简
直就像去参加罗马狂欢节。

啧啧，
瞧瞧那些人。

不知道的还以为是威廉·詹宁
斯·布赖恩*来演讲了呢。

你去哪儿，斯蒂芬妮？

去
"五分丛林"
超市。

*美国著名政治家，能言善辩，曾任国务卿。

斯蒂芬妮，我以前从没见过
你戴帽子去超市。

我估计也会去法庭
瞧一瞧，看看阿蒂克斯
到底想干吗。

当心他甩给你
一张传票。

我们等到中午，阿蒂克斯回来吃午饭，
说他们整个上午都在挑选陪审团成员。

吃完饭后，我们叫上迪尔，一
起去了镇上。

镇上跟过节一样热闹。

我们早料到会有不少人，可没想到
连一楼的走廊里都人山人海。

你们
进不去了？

嘿，牧师。
进不去了，没空位了。

你们愿意
跟我去看台吗？

天哪，
当然愿意啦！

黑人聚集的看台沿着法庭的三面墙延伸，像是位于二楼的大阳台，能把法庭看得一清二楚。

芬奇先生，我现在记起来了，她的半边脸伤得很重。

她的胳膊上全是瘀青，喉咙周围有明显的指印。

全在喉咙周围吗？脖颈后面有吗？

是的，先生，她的脖子很细，谁都能整个儿掐住。

警长，你只需回答"是"或者"不是"。

是的，先生。

这到底什么意思啊，牧师？

罗伯特·E.李·尤厄尔！

任何一个跟梅科姆一样大小的镇子都有像尤厄尔家这样的家族。无论经济如何波动，无论是经济繁荣时期还是大萧条最难熬的日子，尤厄尔家族这类人的处境都不会变，他们只会靠县里的救济过活。

没有哪个记考勤的能让尤厄尔家的一大群孩子留在学校，没有哪个公共卫生员能让他们摆脱先天性缺陷、各类寄生虫，以及在肮脏的环境下惹上的各种疾病。

梅科姆的尤厄尔家住在镇上的垃圾场后面，那里曾有一栋黑人的木屋。

流浪的动物们的日子过得够呛，因为尤厄尔家每天都会彻底地扫荡一遍垃圾场，他们会将战利品（都是不能吃的）散在木屋周围，看起来就像疯孩子打造的游乐场。

不过，院子的一角让梅科姆的人大为不解，六个搪瓷剥落的泔水桶靠栅栏放着，里面种着鲜红的天竺葵，打理得相当精细，像是出自莫迪小姐之手。

人们说那是属于梅耶拉·尤厄尔的。

你是罗伯特·尤厄尔先生吗？

是我，先生。

你是梅耶拉·尤厄尔的父亲吗？

我要不是她的父亲，这也不关我事，她妈早死了。

哈哈哈哈

HA HA HA HA HA HA HA HA

哈哈哈哈

哈哈哈哈

你是梅耶拉·尤厄尔的父亲吗？

是的，先生。

尤厄尔先生，你能用自己的话告诉我们，11月21日那天傍晚发生的事吗？

哦，11月21日那晚，我从林子里背着一捆引火柴回家，刚走到栅栏那儿，就听到梅耶拉在屋子里尖叫，那动静就跟杀猪一样……

当时是几点，尤厄尔先生？

正好在太阳落山之前，噢，我是说梅耶拉的尖叫声把上帝都吓到了……

于是，我赶紧放下柴火，拼命跑到窗户那儿，瞧见……

……我瞧见那个黑鬼正在梅耶拉身上发情！

杰姆先生，你最好带珍·路易丝小姐回家。

杰姆先生，听见了吗？

斯考特，回家吧。迪尔，跟斯考特回家。

你得先说服我才行。

我觉得没关系，牧师，她听不懂。

我基本上能懂，你懂的我就能懂。

喂，别出声了。

她听不懂的，牧师，她还不到九岁呢。

尤厄尔先生，请尽量把你的证词限定在基督徒的用词范围内。

请继续，吉尔默先生。

尤厄尔先生，你说你当时在窗户旁边，那屋里是什么情况？

呃，里面的东西被扔得乱七八糟的，像是发生过打斗。

你看到被告后做了什么？

呃，我绕过房子跑了进去，他还是提前一步从前门溜了，不过我看清楚那人是谁了。

当时我的心思全在梅耶拉身上，没顾得上去追他。

接下来你做了什么？

呃，接下来我第一时间去找泰特。我认识那家伙，他每天都从我家门前经过。

谢谢，尤厄尔先生。

等一下，先生。

我能问你一两个问题吗？

尤厄尔先生，那晚你跑了不少的路，我先理一理，你说你跑向自家的屋子，跑到窗户那儿，又跑进屋里，然后跑向梅耶拉，后来还跑去找泰特先生。

在你跑来跑去的这段时间里，有没有跑去找医生？

没必要，发生了什么事情我看得一清二楚。

你就不关心梅耶拉的状况吗？

我再重复一遍刚才的问题，你会读书写字吗？

当然会。

你能写出自己的名字给我们看看吗？

当然可以，要是我连名字都不会写，我怎么在救济款的支票上签名呢。

哈哈哈

HA HA HA HA
HA HA HA 哈哈哈哈
HA HA

我不由得紧张起来，尤厄尔先生是在跟他的乡亲们套近乎。

尤厄尔先生，你是左撇子。

有什么好看的？

法官大人，我向来敬畏上帝，阿蒂克斯这个狡猾的律师，这个狡猾的家伙始终利用我这点，变着法地捉弄我。

可以了，尤厄尔先生，谢谢你。

他上当了。

现在好了吧？在这里，你只管讲出实情，用不着害怕任何人。
没什么不好意思的，也没什么好怕的。
……
你到底怕什么？
他！
芬奇先生？
我不想让他那样对待我，就像对待我爸爸那样，让爸爸暴露自己是左撇子的事实。
……
你多大了？
十九岁半。
芬奇先生没有吓你的意思，他要是真这么做了，我会制止他的。这也是我坐在这里的职责之一。
你现在坐端正了，将那天的遭遇告诉我们。你能做到的，对吗？

呃，先生，当时我待在门廊上，他过来了，你知道的，院子里有个旧衣橱，是爸爸弄回来准备劈开当引火柴的。

我感觉力气不够，这时，他从旁边经过。

"他"是谁？

就是那边的罗宾逊。

接下来发生什么事了？

我说过来帮我劈开衣橱，我给你五分钱。

于是他来到院子里，我进屋里去给他拿五分钱的硬币，我转过身，还没来得及反应，他就扑到我身上。

他掐住我的脖子，骂我，冲我说下流话，我奋力挣扎，大声呼喊，可他抓住我的脖子，不停地打我……

他把我重重地压在地板上，掐住我的脖子占有了我，我扯着嗓子大喊，双脚狠命地踢打。

然后我好像昏过去了，接下来我只知道爸爸在房间里，站在我旁边，低头大声吼着是谁干的，谁干的？

你说你竭尽全力反抗了？是拼命反抗了吗？

没错。

你确定他完全占有了你吗？

他做了他想做的事。

梅耶拉刚才的叙述给了她信心，她的表现跟她父亲的鲁莽不同，她看起来有些鬼鬼祟祟，活像一只目不转睛的猫，尾巴却焦躁地摇摆着。

我暂时就问这么多了，但你得待在这儿，我估计芬奇这个大坏蛋还有问题要问你。

你最大？
家里最大
的孩子？

没错。

你母亲去世多久了？

不知道……
很久了。

你上
过学吗？

跟爸爸一样，
会读会写。

你上过多久的学？

两年……还是
三年。不大清楚。

我开始慢慢明白阿蒂克斯那些问题的意图。

阿蒂克斯意在不动声色地向陪审团勾勒
尤厄尔一家日常生活的画面。

陪审团了解到这样的情况：他们的救济款远
远不能满足日常开支，极有可能是他们的父
亲把钱拿去买酒喝了。

天气很少冷到必须穿鞋的地步，但真要穿的
话，也可以用旧轮胎做几双时兴的鞋。

生活用水可以从自家的水
井里打上来。

家里年纪小的孩子感冒
是家常便饭，他们常年
饱受钩虫病的折磨。

曾经有个女士去他们家，问梅耶拉为什么不
去上学，她写下这样的答案：

爸爸需要他们
留在家中。

-191-

……

我爸这辈子就没动过我一根汗毛。

梅耶拉小姐，我们聊得不错，现在还是回到这个案子吧。

你说你叫汤姆·罗宾逊帮你劈……劈什么来着？

衣橱，一边全是抽屉的旧衣橱。

你认识汤姆·罗宾逊吗？

我认识他，他每天都从我家经过。

你以前邀请他进过栅栏吗？

没有，绝对没有。

强调一遍就行了。

你以前从没吩咐他干奇怪的活儿吧？

可能吧。

你能记起类似的情况吗？

不记得了。

行，那我们就聊聊 那天的情况。

你刚才说"汤姆·罗宾逊掐住我的脖子，骂我，冲我说下流话"。是吗？

没错。

我有话要说。

我有话要说，说完这些，我再也不会说了。

那个黑鬼占有了我，要是你们这些衣冠楚楚的家伙什么也不做，那你们只是一群肮脏的懦夫。

你们都是肮脏的懦夫。

你的装腔作势根本不管用，叫我"女士""梅耶拉小姐"这套根本不管用，芬奇先生。

汤姆宣完誓，走进证人席。阿蒂克斯快速地引导他做了自我介绍：今年二十五岁，已婚，有三个孩子，犯有前科——因扰乱社会治安被监禁三十天。

既然是扰乱社会治安，

那具体是什……

跟人打架，他想对我动刀子。

你们两个都被判刑了吗？

是的，先生，我交不起罚款只能去坐牢，那家伙交了。

为什么他要这么问呢？

是想告诉大家，汤姆什么都不会隐瞒。

你认识梅耶拉·维奥莱特·尤厄尔吗？

是的，先生。我每天去地里干活，往返都得经过她家。

她跟你说过话吗？

嗯，是的，先生。我每次经过都会取下帽子，跟她打招呼。一天，她要我从栅栏进去，帮她劈开一个衣橱柜。

她是什么时候叫你去劈开那个……衣橱柜的?

芬奇先生,那是去年春天的事了。

她说:"我想我要不要给你五分钱?"我说:"不用了,女士,不用钱。"然后我就去了她家。芬奇先生,那是去年春天的事了,这事都过去一年多了。

你后来还去过她家吗?

是的,先生,去过多次。

我每回经过她家,她好像都会让我干点小活儿,劈柴啦,打水啦。

她每天都会给她的红花浇水……

她有没有付报酬给你?

没有,先生。我很乐意帮忙,也知道她没什么多余的钱。

别的孩子在哪儿?

他们一般就在周围,随处可见。他们会看着我干活,有几个还会趴在窗台上看。

汤姆·罗宾逊作证的时候,我不由得意识到,梅耶拉·尤厄尔一定是这个世界上最孤独的人。

甚至比布·拉德利还要孤独。

我想，她和杰姆口中的混血儿一样可怜。

白人不愿跟她扯上任何关系，因为她跟一群像猪猡一样的人生活在一起，黑人也不愿搭理她，因为她是白人。

她也没法像喜欢与黑人为伍的雷蒙德先生一样过活，因为她没有在河岸上拥有一大片土地，没有出生于家世显赫的古老家族。

没人会对尤厄尔家族的人说："这只是他们的生活方式罢了。"

汤姆，去年 11 月 21 日那天傍晚，你经历了什么？

那天傍晚，我跟往常一样回家，经过尤厄尔家的时候……

"……梅耶拉小姐像她之前说的那样待在门廊上。

"当时非常安静，我也不知道怎么回事，我路过的时候还纳闷呢，这时她喊我过去帮她个小忙。

"于是我走上台阶，四下瞧了瞧，看看有没有柴要劈，却什么也没瞧见，这时她说：'不是劈柴，屋子里有个活儿让你帮忙。那扇旧门的铰链坏了，眼看秋天就要到了。'

"然后我上了台阶，她领着我走进屋子，我来到前屋，看着那扇门。

"我说梅耶拉小姐，这扇门好好的，我又来回试了试门，铰链一点问题都没有。

"芬奇先生，我仍在纳闷那里为什么这么安静，我这时才想起，其他小孩都不在，一个都不在，于是我问梅耶拉小姐，'孩子们呢'？"

我说孩子们呢？
她说——她笑了，应该是在笑吧——她说他们都去镇子里买冰激凌了。
我足足花了一年时间才给他们每人攒了五分钱，但我还是做到了。他们全都去了镇里。
啊，梅耶拉小姐，你这样请他们吃冰激凌真是太高明了。
你真这么觉得？
我想她没明白我的意思——我是说她这样攒钱的做法很聪明，请他们吃冰激凌又很体贴。
汤姆，我明白你的意思，汤姆，继续说。
“我说我得走了，因为我也没什么可帮忙的，她说我能帮她，我便问她帮什么忙，她说要我站在那边那张椅子上，把橱柜上的箱子拿下来。

"于是我照着她的吩咐做了，我正要把箱子拿下来，哪里料到她突然抱住我的腿，抱住了我的腿，芬奇先生。"

她把我吓得够呛，我跳了下来，转身撞翻了椅子。

你撞翻椅子后又发生了什么事？

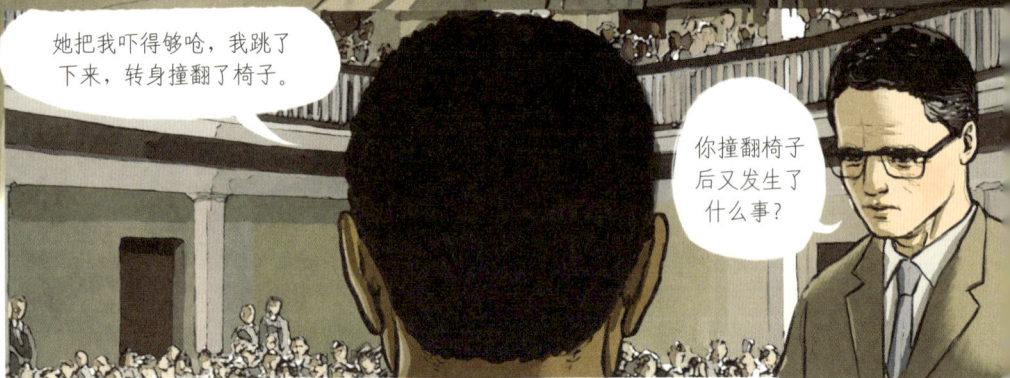

汤姆，你宣过誓的要讲出事情的真相，你要讲吗？

"我说梅耶拉小姐，让我走吧，我正想跑，但就在我说这话的时候，尤厄尔先生在窗口吼起来。"

他说什么了？

那些话不方便说出来……不适合让这里的大人和小孩听到……

他说"你这该死的婊子，我打死你"。

他怎么说的，汤姆？你必须把你听到的告诉陪审团。

接下来又发生了什么？

芬奇先生，我没命地跑开，不知道接下来发生了什么。

汤姆，你有没有强奸梅耶拉·尤厄尔？

我没有，先生。

你有没有伤害过她？

我没有，先生。

你有没有拒绝她亲近的举动？

芬奇先生，我试图拒绝她的，试图粗鲁地对她，但又不想表现得太粗鲁。我不想一把推开她，或者做出别的事来。

汤姆，你接着说尤厄尔先生出现后的情况，他对你有说什么吗？

他可能说了，但我已经不在那儿了……

这就够了，你没听见是因为你跑了？

的确是这样，先生。

你为什么要跑？

我吓坏了，先生。

你为什么吓坏了？

芬奇先生，如果你跟我一样是黑人，也会吓坏的。

接下来，吉尔默先生又问了十个问题，照梅耶拉的证词重现了当时的场景，证人统统回答她记错了。

是尤厄尔先生把你赶跑的吗，小子？

不是，先生，我不这么认为。

你不这么认为，那你是什么意思？

我是说，我并没有待太久，没有等他把我赶跑。

你对这件事倒是很坦率，那你为什么跑那么快？

我说过我当时很害怕，先生。

你怕被抓吗，害怕不得不面对自己做过的事吗？

不是的，先生，害怕不得不面对自己没有做过的事。

你是故意跟我唱反调吗，小子？

不是的，先生，我绝没有这个意思。

斯考特，带迪尔出去，别逼我出手。

你不舒服吗？

我受不了那个人。那个老吉尔默居然那样对待汤姆，他说话的口气是那么可恶。

他必须那么做，迪尔，他是在交叉询问……

可他在问别人的时候并不是那样……

迪尔，那是他的证人。

可芬奇先生在询问梅耶拉和老尤厄尔的时候并没有这么做。那家伙一口一声"小子"，看不起他。

这是吉尔默的习惯，他询问证人的时候一向如此。

芬奇先生就没有。

他是个例外，迪尔，他……

他在大街上跟在法庭上没什么两样。

我不是这意思。

我知道你什么意思，孩子。

多尔弗斯·雷蒙德先生可不是什么好人，所以我不愿意接受他的邀请，但我还是跟着迪尔去了。

我很少去镇里，每次我去，只要我走起路来摇摇晃晃，还喝这个袋子里的东西，人们就会说，多尔弗斯·雷蒙德威士忌又喝多了，他是不会改好啦。

这么做太不诚实了，雷蒙德先生，你本来就够坏了，却还要把自己弄得更坏……

的确是不诚实，但对别人可是大有好处。

老实和你说吧，芬奇小姐，我不太会喝酒，但是你看，他们永远也不会理解，我现在这么生活，是因为这就是我想要的生活方式。

我感觉我不该在这里，听这个有罪的男人说话，他的孩子都是混血儿，他也不在乎别人知道这件事，但他这人挺好玩的。

我还从没见过这种故意抹黑自己的人。

那你为什么要把你的秘密告诉我们，雷蒙德先生？

因为你们是孩子，你们能理解。

你们现在还有一颗赤子之心，对这个世界了解得还不够多。

你们甚至连这个镇子都没看全，但你们现在要做的就是回法院去。

迪尔，你现在没事了吧？

全好啦。

很高兴认识你，雷蒙德先生，谢谢你的饮料。

太管用了。

……没有任何确凿证据的情况下，这名男子就被指控犯下了死罪，正在接受事关生死的审判。

他说了多久了？

他刚刚捋了一遍证据，我们会赢的，斯考特。我看不出有任何输的可能。

他讲了大约五分钟。

先生们，我会说得简短一些，但我想用我剩余的时间提醒你们，这个案子并不难，并不需要花时间对复杂的事实进行筛查，但各位必须消除所有合理的怀疑，再判定被告有罪。

首先，这个案子本不该开庭审理，毕竟事情很简单。

原告方并没有提供任何医学证据，表明汤姆·罗宾逊被指控的罪行曾经发生过。

相反，指控是建立在两名证人的证词之上，而这两名证人的证词不仅在交叉询问时受到了严重的质疑，还遭到了被告的坚决否认。

被告无罪，但法庭上有人有罪。

对于公诉方的主要证人，
我心中充满了怜悯。

但是，她把一个男人推到了绝路上，我就不同情
她了，她这样做，完全是为了摆脱自己的罪恶。

我之所以说到罪恶，先生们，正是罪恶驱使她做出如此行径。她没有犯罪，
她只是打破了我们社会里的一个规矩，这个规矩虽然有些刻板，却由来已久。

她很清楚自己犯了多么大的错误，
但是她的欲望太强烈了，所以她执意
破坏了规矩。

然后，她做了一件每个孩子都
做过的事，她试图毁灭自己的罪证。

她犯罪的证据
是什么？

汤姆·罗宾逊。

一个活生生的人。

汤姆·罗宾逊的存在，每天都在
提醒她，她做了一件在我们的社会中
糟糕到无法形容的事：
她吻了一个黑人。

不是年老的黑人
大叔，而是一个强壮
的黑人小伙子。

她在破坏规矩之前从来都
不把规矩放在眼里，但现在出了事，
她就挺不住了。

她父亲撞破了这件事，而被告在证词中也证实了这一点。

她父亲做了什么？我们并不清楚，但有间接证据表明，梅耶拉·尤厄尔是遭到了一个惯用左手的人的野蛮殴打。

这个黑人安静、可敬、谦逊，但他冒失了，竟然"心疼"一个白人女性，结果害得自己要和两个白人当庭对质。

至于公诉方的证人，除了梅科姆的警长以外，在这个法庭上，他们都在诸位先生面前表现得愤世嫉俗，还深信自己的证词不会受到怀疑。

他们相信各位先生会赞同他们的假设，尽管那个假设很邪恶，即所有黑人都满口谎言，所有黑人都不讲道德，所有黑人男性都心怀叵测，不可以让他们靠近白人女性，而且，这样的假设是建立在黑人性本恶的基础之上的。

先生们，我最后还有一件事要说。
在这个国家，从某种意义上来说，人人生来平等，有一个人类的机构，让穷人与洛克菲勒平等，让蠢人与爱因斯坦平等，让无知的人与大学校长平等。
先生们，这个机构就是法庭。
我并不是一个理想主义者，所以并不坚信我们的法庭和陪审团制度完美无瑕，这对我来说并不是理想，而是一个活生生的现实，是工作。
法庭健不健全，取决于陪审团；陪审团健不健全，则取决于陪审团成员。
我相信，诸位先生将不偏不倚地审查你们所听到的证据，进而得出结论，并允许被告回到家人身边。

我们赢了，
是吗？

我不知道。

你们整个下午都在这里？
快和卡普尼娅回家吧，好好
吃晚饭，然后老实待
在家里。

阿蒂克斯，让我们
回来吧。请让我们听听
判决，求你了，先生。

陪审团可能很快
就会回来，谁也
说不准……

好吧，既然你们刚才都听了，所以不妨听听剩下的。
你们先吃晚饭，吃完了都可以回来，慢慢吃，你们不会
错过任何重要的东西。

……真想活剥了你们几个的皮，谁出的主意，你们这些孩子都听了！

杰姆先生，你难道不知道不该带你妹妹去听审吗？亚历珊德拉小姐要是知道了，一定会气得中风。

小孩子怎么能听……

杰姆先生，我本来以为你也算个有脑子的人，结果看你都出了什么馊主意，她可是你的妹妹！馊主意，先生！你真该为自己感到羞耻，难道你一点判断力都没有吗？

你不想听吗，卡尔？

闭嘴，先生！你现在应该羞愧，应该连头都不好意思抬……

卡普尼娅又搬出让人生厌的老一套来威胁杰姆，却没能让他产生懊悔之意。她倒了牛奶，端出了土豆沙拉和火腿，嘟嘟囔囔地说着什么："真丢脸。"最后，她下了一道命令："都慢慢吃。"

赛克斯牧师为我们留了位置。我们惊讶地发现，我们竟然离开了将近一个小时，同样让我们惊讶的是，法庭和我们离开时一模一样。

已经很久了吧？

是的，斯考特。

法庭将做出裁决。

有罪……

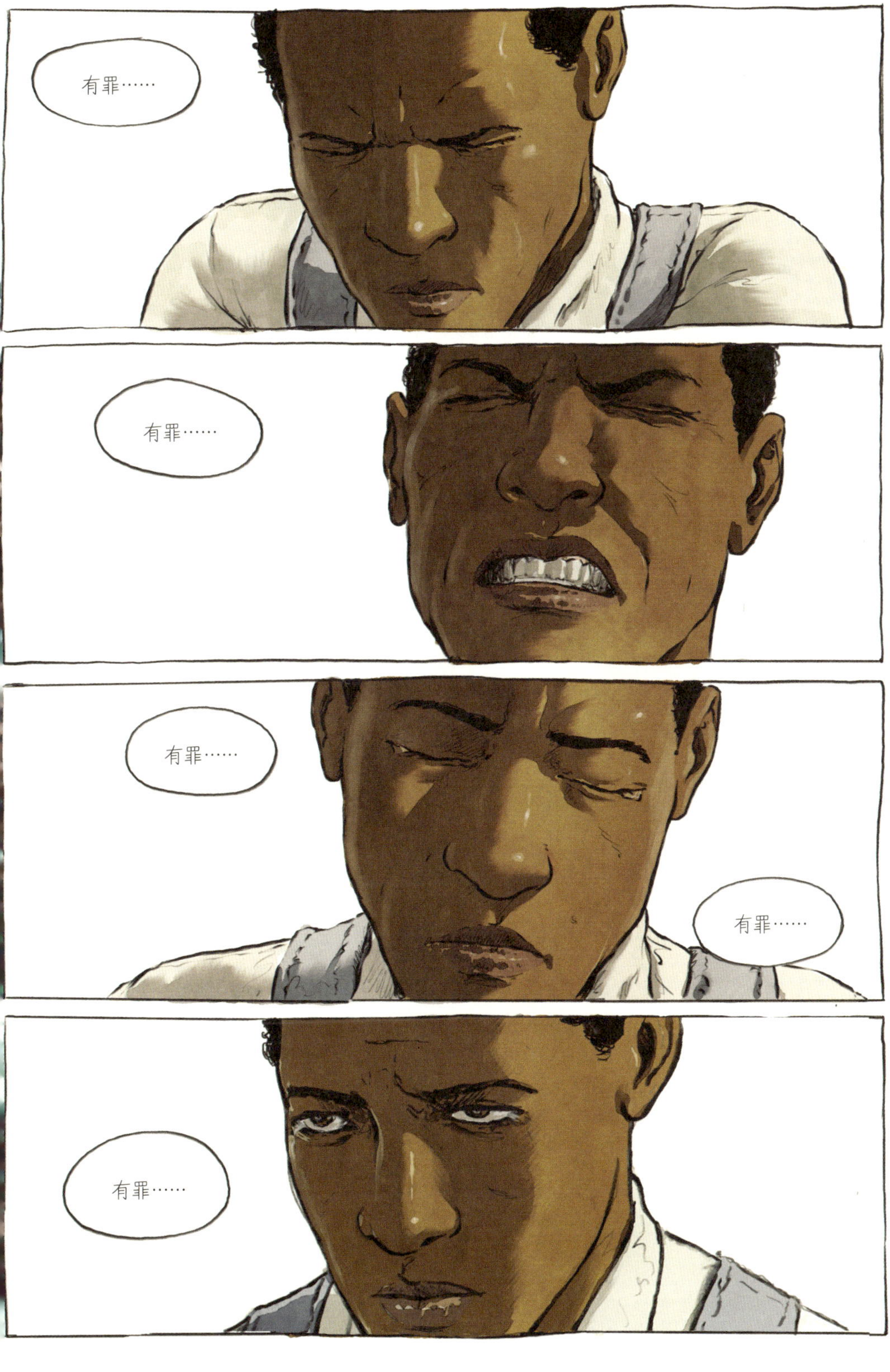
有罪……
有罪……
有罪……
有罪……
有罪……

他们怎么能这么做？
怎么能这么做？

我不知道，但他们
就是这么做了。

他们以前这么做过，以后还会
这么做，当他们这么做的时候，
似乎只有孩子才哭鼻子。

很遗憾，
哥哥。

他没事吧？

他一会儿
就好。

这事儿对他来说
有点难以接受。

我认为一开始
让他们去就不
明智……

这就是他们生活的地方，
妹妹。我们让他们生活在
这样的环境里，他们不妨
学着去面对。

但他们不必去
法院，还受了这么
大的影响……

对梅科姆来说，
法院就和传教士的
茶会一样。

阿蒂克斯
……

我万万没想到
你会为这件事
耿耿于怀。

我没有耿耿于怀，
只是有点累了。

晚安。

天啊，卡尔，这是怎么回事？

汤姆·罗宾逊的爸爸今天早上给你送来了这只鸡。我做好了。

你告诉他，我很荣幸收到这只鸡，我敢打赌白宫的早餐都未必有鸡肉。这些又是什么？

面包卷。是旅店的埃丝特尔送来的。

你最好去看看厨房里都有什么，芬奇先生。

我只想告诉你们，这个世界上有些人生来就要替我们做一些并不愉快的工作。你父亲就是其中之一。

嗯。

好吧。

别嗯嗯啊啊的，先生，你太小，还理解不了我说的话。

我们就像在茧里的毛毛虫，就是这样。就像在温暖的地方睡着了一样。我一直以为梅科姆的人是世界上最好的人，至少看上去是这样。

我们是世界上最安全的人。

很少有人叫我们像基督徒一样做事，但如果有人叫我们这么做，就有像阿蒂克斯这样的人出来帮我们。

但愿县里的其他人也都这么想。

你要是知道我们中有多少人抱着同样的想法，一定会大吃一惊的。

谁？这个镇上有谁帮过汤姆·罗宾逊，是谁？

首先是他那些黑人朋友，还有像我们这样的人。像泰勒法官这样的人。像赫克·泰特先生这样的人。

你有没有想过，泰勒法官任命阿蒂克斯为那个年轻人辩护，并非偶然？

就在我等着的时候，我想，阿蒂克斯·芬奇赢不了，他不可能赢，但在这一带，也只有他能让陪审团在这样的案子里拖这么久。我对自己说，好吧，我们向前跨出了一步，虽然只是一小步，但也算有进展。

"阿蒂克斯连眼睛都没眨一下。他就站在那儿，任由尤厄尔先生骂个不停。我就是死也没法重复那些骂人话。"

骄傲到连架都不愿意打了？你这个喜欢黑鬼的杂种。

不。

是老得打不动了。

不得不佩服阿蒂克斯·芬奇，他有时还真有点冷幽默。

杰姆和我都不觉得这件事好笑。

全县最棒的神枪手并没有枪，我们都为他担心。

你可以借一支。

胡说八道。
在家里放枪，你
是想让别人向你
开枪吗？

儿子，怎么了？

尤厄尔先生。

我们为你担心，我们
认为你应该想想办法
对付他。

杰姆，看看你能不能站在鲍勃·尤厄尔的
立场上想想。在那次审判中，我毁了他最后的
一点信誉。

所以，如果向我脸上吐口水，再
威胁我两句，就能让梅耶拉·尤厄尔
少挨一顿打，我很乐意接受。

他总得找人撒撒气，我宁愿是我，这样那
一屋子的孩子就没事了。你明白吗？

我们对鲍勃·尤厄尔没有
什么好害怕的，那天早上他
把该出的气都出了。

我可不那么肯定，阿蒂克斯。
他这种人要报复，可是什么事
都干得出来的。

阿蒂克斯，如果汤姆上诉失败，会怎么样？

会被送去坐电椅。

还没到担心的时候，斯考特。我们还有不错的机会。

那么，这一切都要看陪审团了。真应该废除陪审团制度。

孩子，如果你是陪审团的一员，并且另外十一个人也是像你一样的男孩，汤姆就能自由了。

到目前为止，在你的生活中还没有任何东西干扰你的推理过程。

在我们的法庭上，每每白人与黑人针锋相对，赢的总是白人。虽然丑陋，但这就是生活中的现实。

这么做是不对的，不能用那样的证据就给一个人定罪，不能。

你是不能，但他们能，而且已经这么做了。

随着年龄的增长，你会发现白人每天都在欺骗黑人。

但我告诉你一件事，你要记住了。

如果有白人对黑人做出这种事，那不管他是谁，多么富有，来自多么好的家庭……

那个白人都是个人渣。

不要自欺欺人——那样的话，总有一天我们会为此付出代价的。我希望这样的情况不会发生在你们这些孩子的身上。

为什么像我们和莫迪小姐这样的人从来没有当过陪审员呢？

首先，莫迪小姐不能当陪审员，因为她是个女人……

你是说亚拉巴马州的女人不能……？

是的。想必是为了保护我们脆弱的女士们，不让她们受到像汤姆那样肮脏的案件的伤害。

此外，还有人说女士们老是插嘴问问题，怕我们连一件完整的案子都审不完。

汤姆的陪审团应该是在匆忙中做出决定的。

不，他们才没有。陪审团花了几个小时呢。那个裁定也许是必然的，但通常他们只需要几分钟就会得出结果。

HA HA HA HA 哈哈哈哈

你们也许想知道——有个陪审团成员坚决反对定罪，一开始他就坚决要求无罪释放。

谁？

坎宁安家的人？

天哪！前一分钟他们还想杀了他，下一分钟他们又想放了他……

你们的一个老朋友，就住在塞勒姆……

马上就要开学了，我要请沃尔特回家吃饭。

到时候再决定吧。

为什么不行，姑姑？他们都是好人。

如果他们是好人，那我为什么不能对沃尔特好点？

我不是说不该对他好，但你不一定要邀请他到家里做客。

但是我想和沃尔特玩，姑姑，为什么不行？

因为——他是——窝囊废，所以你不能和他玩。我不会让你和他混在一起，沾染一身他的那些坏毛病，天知道你会变成什么样。

珍·路易丝，我毫不怀疑他们是好人。但他们和我们不是一路人。

你可以把沃尔特·坎宁安打扮得光鲜亮丽，给他穿上鞋子和新衣服，但他永远不会像杰姆那样。再说了……

那一家人都酗酒。

芬奇家的女人对那种人不感兴趣。

姑姑，她还不到九岁呢。

斯考特，我想我开始明白了一些事情。

是什么，杰姆？

世界上有四种人。

有像我们和邻居这样的普通人，有像住在树林里的坎宁安家的人，有像住在垃圾场旁边的尤厄尔家的人，还有黑人。

问题是，我们这种人不喜欢坎宁安家的人，坎宁安家的人不喜欢尤厄尔家的人，尤厄尔家的人又憎恨和鄙视有色人种。

♪

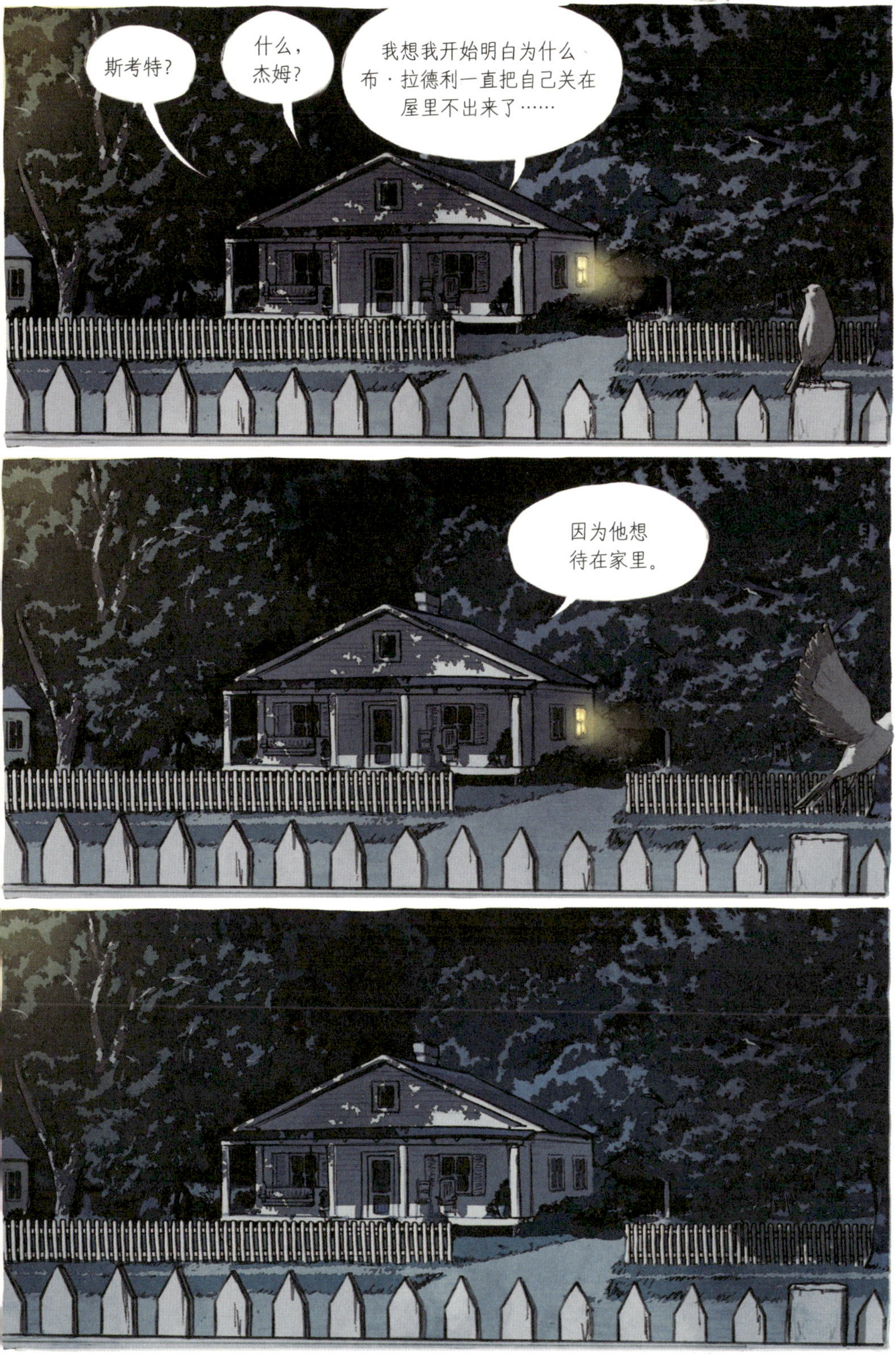
斯考特？
什么，杰姆？
我想我开始明白为什么布·拉德利一直把自己关在屋里不出来了……
因为他想待在家里。

那你得多穿裙子，不然可没法当个合格的淑女。

珍·路易丝，你是个幸运的女孩。家里人是基督徒，住在一个信仰基督教的城镇里，周围的人都信奉基督。

是的，太太。

你前面说什么来着，格特鲁德？哦那个，好吧，我总是说要宽恕，要忘记不好的事。

教会应该帮助她，引导她从现在开始为她的孩子们而去过基督徒的生活。

对不起，梅里韦瑟夫人，你们都在说梅耶拉·尤厄尔吗？

梅……？不，孩子。我们说的是那个黑人的妻子。汤姆的妻子，他叫汤姆什么来着……

汤姆·罗宾逊，太太。

如果我们让他们知道我们宽恕了他们，并且忘记了这件事，那么这整件事就会过去。

啊，梅里韦瑟夫人，你说的是什么事？

没什么，珍·路易丝。厨师和农场工人都不满意，但他们现在也都不说什么了，审判后的第二天他们可是抱怨了一整天。

格特鲁德，我告诉你，没有什么比一个阴沉的黑人更让人分心的了。他们的嘴角会往下掉八尺远。

你知道我对我的苏菲说了什么吗，格特鲁德？我说："苏菲，你今天可不像个基督徒。"

"耶稣基督从不到处发牢骚。"

你知道的,这话效果不错。

对不起女士们,亚历珊德拉,你能到厨房来一下吗?我想让卡普尼娅借一步说话。

汤姆死了。

他试图越狱,他们开枪把他打死了。那会儿犯人们正出来放风。他们说,他像发了疯一样,拼命地往栅栏冲。

案子胜诉的机会很大。

我把我的想法告诉过他,可是除了说我们胜诉的机会很大,我也不能再说什么了。

我想汤姆已经听腻了白人的装腔作势,更愿意自己拿主意。

卡尔,我想让你和我一起走一趟,帮我告诉海伦。

好的,先生。

汤姆的死在梅科姆大概只被关注了两天，两天的时间足够让这个消息传遍全县。

"你听说了吗？"

"没有？"

"好吧，他们说他跑得比闪电还快。"

对梅科姆来说，汤姆的死是一个典型事件。

"黑鬼"越狱的典型事件。

典型的"黑鬼"心态是毫无计划，不考虑未来，一看到机会就盲目行动。

但《梅科姆论坛报》上刊登了一篇社论。

CRACK CRACK CRACK CRACK

B. B. 安德伍德先生言辞激烈，他认为杀死残疾人是一种罪过，他把汤姆的死比作猎人和孩童毫无意义地屠杀鸣禽。

阿蒂克斯用尽了一个自由人所能采取的一切手段来拯救汤姆·罗宾逊，但在人们内心的秘密法庭上，阿蒂克斯根本没有诉讼的余地。

在梅耶拉·尤厄尔张嘴尖叫的那一刻，汤姆就已经走上了不归路。

阿蒂克斯说得没错，事情总算平息下来了。

鲍勃·尤厄尔先生获得了一份工作，但没过几天又失业了，这大概让他成了整个二十世纪三十年代的历史记载中独一无二的人物：他是我听说过的唯一一个因为懒惰被公共事业振兴署 * 解雇的家伙。

他怪阿蒂克斯害他丢了工作，于是又跟平常一样，每个礼拜都会跑一趟福利办公室领救济款。

* 公共事业振兴署是大萧条时期美国政府设立的一个机构，旨在解决大规模失业问题。

如果说尤厄尔先生像汤姆·罗宾逊一样被人遗忘了，那么汤姆·罗宾逊就像布·拉德利一样被人忘却了。

拉德利家的房子已经不再让我感到害怕了，不过那里还是那么阴郁，在几棵大橡树的遮蔽下是那样的阴冷，并不招人喜欢。

我敢打赌，今晚肯定不会有人去打扰他们。

不过那个地方还真是挺吓人的，不是吗？

布不会特意伤害谁，不过你能来我还是挺高兴的。

你知道阿蒂克斯不会让你一个人去学校的。

你不怕鬼吗？

HA HA HA HA HA

哈哈哈哈

那句咒语怎么说的来着："光明天使，生死消长，休得挡道，勿吸吾气。"

随着我们年龄的增长，鬼魂、热流、咒语、秘符如同太阳照耀下的薄雾一样消失了。

天哪！

哈—哈—哈，逮到你们了！早料到你们会走这边！

你一个人到这儿干什么，小子？你就不怕拉德利吗？

我父母开车送我到学校。

对了塞西尔，你今晚不是演奶牛吗？

为了庆祝万圣节，梅里韦瑟夫人创作了一档别出心裁的节目，叫《梅科姆：排除万难，穿越星空》，节目会在高中礼堂举行，我将扮演一根火腿。

她觉得要是孩子们能扮演梅科姆的一些主要农产品，一定很可爱。塞西尔·雅各布斯扮演奶牛，阿格尼丝·布恩扮演可爱的棉豆，另一个孩子演花生，就这样一个个扮演下去，直到梅里韦瑟夫人再也想不出好点子，而且也没有更多的学生来扮演角色。

当地的裁缝克伦肖太太的手艺可真不赖，杰姆说我活像一根长了腿的火腿。不过这玩意儿也有让人不舒服的地方，里面太热，而且太紧了。要是我的鼻子痒了，我还不能挠，一旦我套上去，我自己是没法出来的。

斯考特，你在里面没事吧？

你的声音听起来好远，像是在山的另一边说话。

你也一样。

BOM 咚 BOM 咚 BOM 咚

"梅科姆：Ad Astra Per Aspera*"，

意思是"排除万难，穿越星空"。

*拉丁文。

梅里韦瑟夫人每说一句话，大鼓就会咚咚地敲响。她用忧郁的语气说我们县的历史比亚拉巴马州的还要长，还花了三十分钟时间讲了梅科姆上校的丰功伟绩。

他们后来说，梅里韦瑟夫人为了让最后一幕精彩，简直豁出去了，她见"松树"和"棉豆"一听到提示便立刻登台亮相，顿时来了信心，轻轻地唱了一声"猪——肉"。

ZZZ

猪肉！

梅里韦瑟夫人似乎获得了成功，大家都在热烈地欢呼，她却在后台把我逮住了，说我把她的节目搞砸了。

杰姆在后台等我的时候观众都走光了，他似乎很满意。

斯考特，你要脱下来吗？

不，我还是穿着吧。

这玩意儿好歹能替我遮遮羞。

没多少人了，走吧。

刚才好像听见一只老狗在叫。

不是的。

我们走路的时候能听到,停下来又没声儿了。

WHEEK
WHEEK

只是塞西尔那小子罢了。

别让他以为我们在一个劲儿地赶路。

WHEEK
WHEEK
呜呜 呜呜

杰姆,你觉得我们应该唱歌吗?

不,尽量不要发出一丁点声音,斯考特。

WHEEK
WHEEK
呜呜

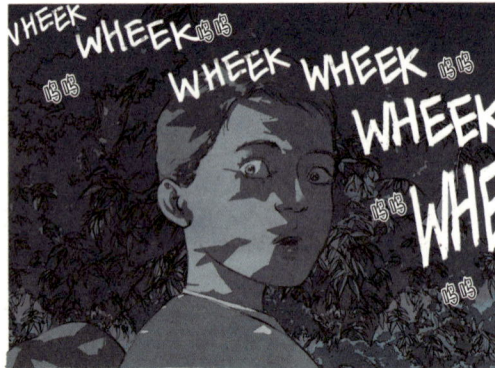

WHEEK WHEEK 呜呜
WHEEK WHEEK 呜呜
WHEEK
WHE
呜呜
呜呜

跑,斯考特!

快跑!

快跑!

杰姆，杰姆，
救我，杰姆！

啊！

杰姆！

杰……！

KRAK-KK
咔咔

AAAAAAAAAEE
啊啊啊啊啊啊

杰姆！

RRRRRRRAA
啊啊啊啊啊啊

有时候，人的思维特别迟缓。

我僵在那儿。

杰姆
死了吗?

离死还远着呢,
只是跟你一样头上撞了
个包,胳膊折了。

好像有人想把他
的胳膊拧下来……
现在看着我。

那他没死吗?

没——有!
他好着呢,像他这么大的
男孩恢复起来可快了。

芬奇先生,我
跟你说说我发现
了什么。

我找到一条女孩的裙子,
就在我车子的外面。那是你
的裙子吗,斯考特?

是的,先生,如果是粉红色
带褶边的,就是我的裙子。

我还找到一块土褐
色的布料,看起来很
奇怪……

是我演出服
上的,泰特
先生。

呃……

怎么回事,
赫克?

鲍勃·尤厄尔躺在那边
的大树下,肋下插着一把
厨刀。

他死了,
芬奇先生。

你确定？

他死了，我确定。

他死了就再也不能伤害孩子们了。

我不是这个意思。

斯考特小姐，趁你现在还能记得清楚，能告诉我们究竟怎么回事吗？可以吗？

我们正往家走。

忽然杰姆让我别出声。我以为他在想心事——每次他想心事的时候都会叫人家别出声——然后他说他听见了什么动静。

我们以为是塞西尔。

他今晚就吓过我们一次，我们以为又是他呢。

我穿着演出服，没有吭声，但我听得见，我是说脚步声。

我们走，那脚步也跟着走，停下来，脚步声也会停下来。

这个无耻的混蛋，喝了不少酒，竟敢借着酒劲冲孩子下毒手。

我无法想象世上竟然会有人……

芬奇先生，世上真有这样的人，在你跟他们打招呼之前，你得先来一枪。

我以为那天他威胁我后，把所有的怨气都发泄完了，即便没有，我以为他也会冲我来。

你以为他敢在大白天跟你正面交锋？

我们还是继续听听接下来发生的事，你听见他在你身后……

是的先生。

然后杰姆大喊快跑……

有个人——哦是尤厄尔先生——一把将他拽倒在地。两人扭打在一起，然后我听到一个奇怪的声音。

这时，杰姆一声惨叫，我就再也听不见他的声音了。

接下来，尤厄尔先生想掐死我，我觉得是这样。

然后有人猛地将尤厄尔先生拽倒了，我猜是杰姆起来了。我就记得这些。

然后呢？

有人在周围跟跟跄跄地走着，大口喘着气，不停咳嗽，像是要死了一样。

我以为阿蒂克斯来救我们，我当时一点气力也没有了……

到底是谁？

他就在那里，泰特先生，他可以告诉你他叫什么名字。

甜心,叫亚瑟先生才对。

珍·路易丝,这是亚瑟·拉德利先生。想必他早就认识你了。

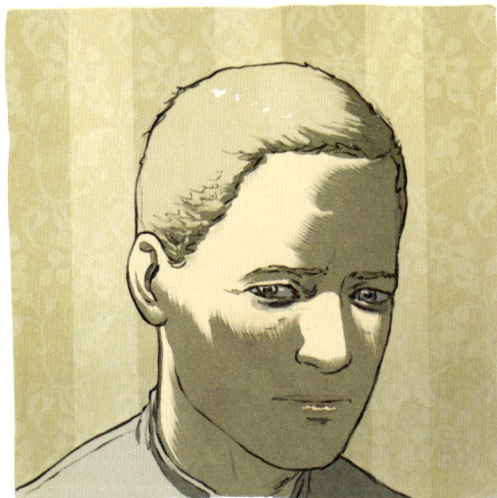

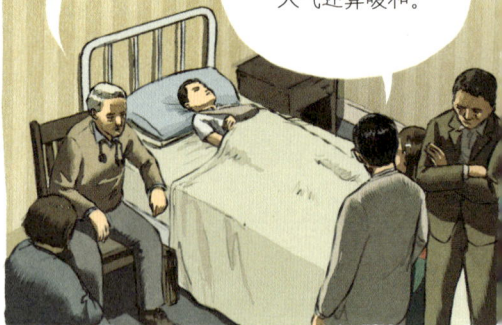

好啦,大家都出去吧。既然杰姆还活着,你大可放心了吧,斯考特?

我们到前廊去吧。那里有不少椅子,现在天气还算暖和。

走吧,亚瑟先生,你还不怎么熟悉我们家,我带你去前廊吧,先生。

你不坐吗，亚瑟先生？

呃，赫克，我觉得眼下要做的……天哪，我的记性也越来越差了……

杰姆还不到十三岁吧……不对，他已经十三了——我居然不记得了。反正这个案子会在县法院审判。

什么案子，芬奇先生？

当然，这显然是一起正当防卫案，但我还是得去办公室找找资料……

芬奇——先生，等等。你觉得是杰姆杀了鲍勃·尤厄尔？

斯考特怎么说的你都听见了，这是明摆着的事。她说杰姆起身，猛地将尤厄尔从她身上拉开——说不定他是在黑暗中抢了尤厄尔的刀……

芬奇先生，杰姆没有用刀刺过鲍勃·尤厄尔。

赫克，你是个大善人，我也知道你这么做是出于好心，但这事谁也不能隐瞒。

这可不是我的行事风格。

我不希望我的儿子一辈子活在阴影中。

我不希望他在成长的过程中有人在背后说他闲话，我可不想人家这样嚼舌头："杰姆·芬奇——他爸花了一大笔钱才让他脱了干系。"

芬奇先生，鲍勃·尤厄尔是倒在自己的刀上，他这是咎由自取。

赫克，如果我将这事瞒过去，那等于是完全违背了我教杰姆做人的一贯原则。

鲍勃·尤厄尔是自己倒在刀上的，我能证明。

杰姆和斯考特知道当时的情况，要是他们听见我在镇上讲的是另一个版本——赫克，我就会永远失去他们。

他将杰姆摔倒后，被树下的一根树枝绊倒了——瞧，我能演示给你看。

我不会信的。

赫克，你就不能从我的角度想想吗？

该死的，我并不是想为杰姆开脱。

芬奇先生，你现在这个样子，我不想跟你争辩。你今晚压力太大，谁也不应该承受这样的压力。

但这次你没有根据事实进行推理，我们今晚就得把这事解决了，因为明天就来不及了。

鲍勃·尤厄尔的肚子上插着一把厨刀。你觉得像杰姆这种体格的小孩，在胳膊被扭断的情况下……能做到吗？

这并非由你来决定，芬奇先生，都是我的决定，如果你不能从我的角度来思考，那这事你也做不了什么。

一个公民竭尽全力阻止犯罪发生的行为居然犯了法，真是闻所未闻。

也许你会说我有责任将真相告诉镇里所有的人，而不是隐瞒事实。

你知道会有什么后果吗？梅科姆所有的女人，包括我的妻子都会拿着天使蛋糕，去敲他家的门。

要我说，这个人不仅为你，还为这个镇子做了件大好事，如果人们把他从隐居的生活中拽到聚光灯下，这才是犯罪。

要是换个人，那事情就大不相同了，可他不一样，芬奇先生。

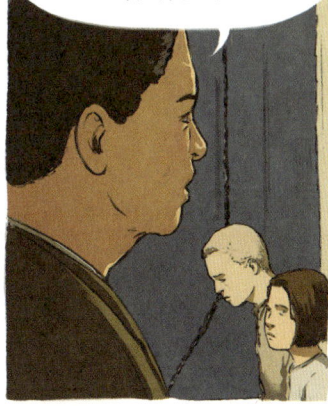

我可能算不上什么大人物，芬奇先生，但我是梅科姆的警长，鲍勃·尤厄尔是倒在自己的刀上死掉的。

晚安，先生。

斯考特，尤厄尔倒在自己的刀上，你能理解吗？

是的先生，我理解。

泰特先生说得对。

什么意思？

呃，这就好比是杀死一只知更鸟，对吗？

亚瑟，谢谢你救了
我的孩子。

亚瑟先生，你要跟
杰姆道声晚安吗？

他还在睡觉，雷诺兹医生给
他打了一针强效镇静剂。

珍·路易丝，你
父亲在起居室吗？

是的姑姑，
我想是的。

我去跟
他说会儿话。

你可以摸摸他，亚瑟
先生，他睡着了。

他醒着的时候你还
摸不着呢，他不会让
你摸的。

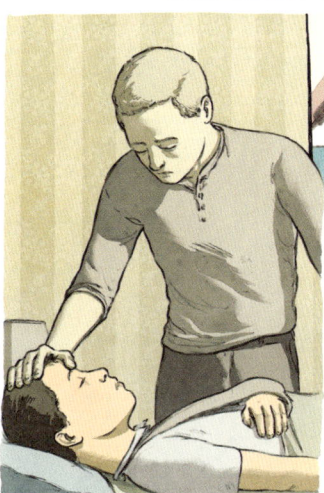

你能带我
回家吗？

我后来再也没有见过他。

你会熬夜陪他吗？

我就在这儿待上个把小时。

你在看什么书？

杰姆的书，叫《灰色幽灵》。

请你读出来吧，阿蒂克斯。这本书真的好恐怖。

不了，你已经受够惊吓了。

阿蒂克斯，我没受什么惊吓。没什么是真正吓人的，除了书里面的内容。

嗯。

《灰色幽灵》，作者塞卡塔利·霍金斯，第一章……

我努力不让自己睡着了，但雨声是那样的轻柔，屋子里又是那样的暖和，他的声音是那样的低沉，趴在他温暖的膝头，我渐渐进入了梦乡。

他将我轻轻地扶起来，陪我走向起居室。

你每个字我都听到了。

……根本就没睡。

书里讲到了一艘船，还有三指弗雷德和一个叫斯通纳的男孩……

……他们都以为是那个叫斯通纳的男孩在俱乐部捣乱，然后把墨水洒得到处都是，然后……

然后他们就去追他，却怎么也抓不到，因为他们都不知道他长什么样，然后，阿蒂克斯，他们终于发现了他，才知道那些事情根本就不是他干的……

阿蒂克斯，其实他真的是个好人……

大多数人都是好人，斯考特。

等你最终了解他们的时候就知道了。

KLIK 咔嚓

他关掉灯，去了杰姆的房间。

他会在那里守一整夜，等早上杰姆醒来时，他还会守在那儿。

- 完 -

杀死一只知更鸟

作者 _ [美] 哈珀·李　编绘 _ [英] 弗雷德·福德姆　译者 _ 刘勇军

编辑 _ 张越　装帧设计 _broussaille 私制 孙莹　主管 _ 黄圆苑

技术编辑 _ 丁占旭　执行印制 _ 刘世乐　出品人 _ 李静

果麦
www.goldmye.com

以 微 小 的 力 量 推 动 文 明

图书在版编目（CIP）数据

杀死一只知更鸟 /（美）哈珀·李著；（英）弗雷德·福德姆编绘；刘勇军译. -- 上海：上海文化出版社，2023.8（2025.8重印）

ISBN 978-7-5535-2755-0

Ⅰ.①杀… Ⅱ.①哈…②弗…③刘… Ⅲ.①长篇小说－美国－现代 Ⅳ.①I712.45

中国国家版本馆CIP数据核字(2023)第127665号

著作权合同登记号：图字 09-2023-0217 号

出 版 人：姜逸青
责任编辑：郑　梅
特约编辑：张　越
装帧设计：broussaille 私制　孙　莹

书　　名：杀死一只知更鸟
作　　者：[美] 哈珀·李（Harper Lee）
编　　绘：[英] 弗雷德·福德姆（Fred Fordham）
译　　者：刘勇军
出　　版：上海世纪出版集团 上海文化出版社
地　　址：上海市闵行区号景路 159 弄 A 座 2 楼　201101
发　　行：果麦文化传媒股份有限公司
印　　刷：天津裕同印刷有限公司
开　　本：710mm×1000mm　1/16
印　　张：17.5
字　　数：136 千字
印　　次：2023 年 8 月第 1 版　2025 年 8 月第 7 次印刷
印　　数：34,001—39,000
书　　号：ISBN 978-7-5535-2755-0/I·1060
定　　价：99.00 元

如发现印装质量问题，影响阅读，请联系 021—64386496 调换。